NARRACIONES

&

POEMAS

Antología Literaria
Internacional

D'har Services Editorial Arte en Diseño Global

P.O. Box 290

Yelm, WA 98597

www.dharservices.com

info@dharservices.com

Dharservices@gmail.com

Diseño carátula© Ángel

ISBN: 9798863923499

ÍNDICE

PRÓLOGO

A través de palabras, los escritores revelan la esencia de la experiencia humana, sin importar las diferencias de culturas. En Narraciones y Poemas; les damos la bienvenida a este viaje literario que trasciende fronteras y nos lleva a un mundo de lleno de imaginación.

Esta antología es un homenaje a la diversidad de voces literarias, reunidas en una selección de cuentos y poemas. Cada autor y autora han creado su propio estilo, único e irrepetible y de perspectivas inigualables. Las historias son vibrantes y llenan de vida a esta obra, que apoya el arte de la comunicación universal.

Los invito a sumergirse en la lectura de estas maravillosas páginas, con mente abierta y corazón receptivo. Descubrirán sorpresas, reflexiones y momentos de gran belleza que sólo la literatura puede brindar. Narraciones y Poemas te invita a experimentar el poder de la palabra escrita que conecta y enriquece nuestras vidas.

Edilma Ángel M.
CEO
D´har Services
EAM Publishing

ANA MARÍA AMARO GUTIÉRREZ

Nacida un 26 de Julio de 1945 en el poblado llamado Achichipico, municipio de Yecapixtla en el estado de Morelos, país, México. Mi madre, Águeda Gutiérrez Espinosa. Mi padre, Reyes Amaro González. Soy la cuarta de seis hermanos. El 12 de Marzo de 1977 tuve la fortuna y el gran privilegio de ser madre de un hermoso hijo que es mi adoración.

Estudios realizados: Primaria, Secundaria, Preparatoria y Licenciatura en la Universidad Autónoma de México. Obteniendo el título de Cirujano Dentista el 27 de julio de 1970. Laboré en el Sistema de Salud de CD, Nezahualcóyotl de los Servicios de Salud del Estado de México y en los servicios de salud del estado de Morelos por 43 años. Obteniendo la jubilación el 1ro. de Febrero de 2o18.

He sido una buscadora del conocimiento espiritual para estar en contacto con mi alma y mi ser. Actualmente, conociendo las enseñanzas del Dr. Grigori Grabovoi, tengo el honor de estudiar con Edilma Ángel, a quién reconozco su entrega y dedicación en esta gran labor.

ÉRASE UNA VEZ

Érase una vez un precioso gato de hermoso pelo blanco, con manchas de color negro. Feliciano era su nombre y caminaba de forma majestuosa, también saltaba dando grandes brincos. Como pasaba gran parte del día durmiendo, empezó a soñar. Se veía saliendo de su casa, iniciando un camino… y así, caminó y caminó por el campo, hasta llegar a un lugar mágico donde había abundantes árboles, escuchaba el sonido del correr del viento y el fluir del agua, la cual formaba un riachuelo cantarín; este riachuelo refrescaba el ambiente. Y así llegó a un claro dentro de un hermoso bosque.

De pronto escuchó el sonido de un silbido muy agudo y se volteó hacia el cielo. Ahí pudo observar que dos aves majestuosas estaban realizando un vuelo en círculos y cada vez se elevaban más y más, hasta que llegó el momento en que sólo se veían dos puntos de color oscuro. De pronto iniciaron el mismo vuelo descendiendo en picada. Llegaron tan cerca de Feliciano, que éste pudo admirar lo majestuoso de las aves. Observó que se trataba de dos águilas, macho y hembra, y estaban realizando un mágico vuelo tan cerca de él, que las podía ver claramente. Y para no ser visto, buscó un refugio desde donde pudo deleitarse mirando la majestuosidad de estas aves.

Pero en este bosque había otras criaturas, y desde su refugio improvisado vio pasar a otra criatura que parecía ser un gato gigantesco. −*¡Oh, qué ser tan bello!* Y se trataba nada más y nada menos que de un tigre, el que realizaba un paseo por el bosque donde vivía. El tigre pasó muy cerca de nuestro amado gato sin notar su presencia, y sin saber por qué, Feliciano notó que su corazón latía aceleradamente sintiendo una emoción desconocida. Después de un rato, el tigre se perdió a lo lejos y el gato siguió disfrutando de los bellos paisajes. Y cayó la noche, ahora escuchaba sonidos diferentes; la vida nocturna en el bosque que él no conocía. De pronto levantó la vista hacia la rama de un árbol, y de repente le pareció ver un pequeño fantasma… se acercó más y más… entonces vio un ave pequeña que emitía un canto peculiar, era un canto muy triste y melancólico. Se acercó a ella amigablemente y le preguntó: –¿Quién eres?

–Soy una lechuza. ¿Y tú, quién eres? Nunca te había visto por acá.

–Soy un gato, que estoy descubriendo lo que este Mundo tan hermoso contiene. Y te diré que he caminado todo el día; por ese motivo me encuentro muy cansado, ¿me permites descansar aquí?

–¡Claro que sí! Puedes dormir el tiempo que tú gustes. Fue así que Feliciano entró en un sueño profundo y reparador. Al llegar la madrugada, cuando los primeros rayos del sol se vislumbraban se despertó; fue entonces cuando su amiga la lechuza le dijo: –Mira, aquí tengo comida, te comparto para que puedas comer algo y logres reanudar tu viaje por el Mundo. Fue así que después de comer un rico bocado, reanudó su camino hacia otro lugar desconocido. Caminó por varias horas y de pronto escuchó el ladrido de un perrito que parecía anunciarle, que se acercaba a una población donde no sabía que era lo que iba a encontrar.

Se acercó a un grupo de personas que estaban escuchando a un orador, el que con mucha claridad y convención hablaba de un ser maravilloso, que según relataba, vivía en la Tierra desde hacía mucho, mucho tiempo, cuya misión fue la de enseñar a los seres humanos que "el amor y el perdón son la llave de todo lo que es, y será." Un ser maravilloso que dedicó su vida a cultivar el amor incondicional, enseñando el precepto de *"Amaos los unos a los otros, como yo los he amado."* Es un ser grandioso que sanó a los enfermos de mente, cuerpo y alma.

Y en esa reunión había personas que también adoptaron esa doctrina del amor, desarrollando la capacidad de la videncia y poniéndola al servicio de la ciencia. Había un científico vidente, una persona visionaria que podía, con claridad, predecir el futuro, poniéndose al servicio de la humanidad para evitar catástrofes; apoyándose en la percepción de sus capacidades y conectándose con los mismos ángeles. Ya sabemos que los ángeles tienen la misión de ayudar a los seres humanos, es una misión que Dios les ha dado a los ángeles, que es servir a Dios siendo mensajeros y guías para que los seres humanos evolucionen, y despierten consciencia de una mejor manera. Estos seres angelicales ayudan a evitar tropiezos y a aprovechar el tiempo, a tener la oportunidad de evolucionar, y despertar la consciencia para vivir en otra dimensión, donde sea el amor la norma de la vida. La quinta dimensión que ahora tenemos la oportunidad de poder experimentar.

¿Cuál fue el nombre de este personaje, del que estaban hablando maravillas? Se llamó Jesucristo. Era la primera vez que nuestro gato sentía curiosidad. Continuó hacia su camino y llegó a un edificio; entonces se dio cuenta que era un centro de trabajo donde hombres y mujeres realizaban labores. Un hombre le llamó la atención, era un hombre que parecía estar soñando, pues se veía muy concentrado en sus labores. Era un hombre dedicado a crear y materializar sus sueños para ayudar a la humanidad, creando nuevas formas de curación para conservar la salud; un científico que había dedicado su vida, al servicio de la ciencia.

Sin embargo, su vida no había sido fácil, pues en un tiempo anterior él padeció de una enfermedad muy desgastante, que minó su fuerza y hasta su deseo de vivir, entrando en una situación que puso en riesgo su vida, aunque el amor de los que los que lo rodeaban le ayudaron a superar esa situación tan triste. Y como el ave Fénix resurgió de sus propias cenizas. Situaciones adversas que superó siendo guiado por sus maestros, seres de luz y los ángeles, que estuvieron protegiéndolo y ayudándolo a resurgir su vida de una mejor manera.

De pronto comenzó a caer una lluvia leve, una lluvia que se puede disfrutar, y casi al terminar salió el sol radiante en el horizonte, e hizo aparecer un arco iris de bellos colores, anunciando así la bienaventuranza para el ser humano. Ahora nuestro gato, empezó a pensar que valía la pena vivir en este Mundo donde hay tantas bondades, bendiciones y esperanzas, y recordó que alguien le dijo que los gatos tienen 7 vidas. Sin embargo, ahora viendo el Mundo de otra manera había nacido en él, la necesidad de no vivir 7 vidas, sino vivir eternamente.

Y ahora que sabe que todo es posible, ha decidido aprender. Ha decidido escuchar y aplicar todo el conocimiento que existe en el Mundo, para que podamos disfrutar de una vida eterna y vivir así, el precepto de "Aquél que cree en mí, vivirá para siempre." Y por fin, Feliciano despertó de ese sueño tan maravilloso que había tenido. Pero ya no es el mismo; ahora tiene más ganas de vivir. Hoy tiene más deseos de disfrutar de todas las bellezas que el Creador nos ha dado, en este Mundo tan maravilloso.

BLANCA NUBIA ÁNGEL

Blanca Nubia, me llamaron, no me siento representada con esos nombres, por lo que he creado mi propio significado y valía. Desde siempre soy un poco solitaria. Mi refugio es mi mente, allí existen galaxias de ideas, mundos y sensaciones.

La literatura me salvó del hastío y la esterilidad de un mundo agresivo y cruel que no pude entender. Sin la escritura habría sucumbido, es mi escape, mi creación.

Desde muy niña leí con pasión cuentos, caricaturas, novelas rosas, de vaqueros y suspenso. Todo lo que contuviese letras plasmadas en palabras, me conducían a mundos imaginados de mi exclusiva propiedad sin espacio para nada ni nadie que no obtuviese mi permiso. Allí, en mi mente "escribí" miles de obras con finales inconclusos, tristes y por supuesto felices.

El crecer me sacó de mi mundo perfecto para llevarme al encuentro con autores como Sábato, Rulfo, García Márquez, Vargas Llosa y tantos otros que abrieron mi mente a nuevas dimensiones, conocimientos y sensaciones maravillosas, asombrosas y viscerales, con el uso de las palabras de cada uno de ellos.

He escrito siempre por necesidad, por gusto, por la profesión de maestra. La escritura me ha permitido crear mis propios textos enfocados a un fin específico de enseñanza, para expresar, para crear, para imaginar, soñar.

En este presente, escribo para gozar el encuentro con las palabras que fluyen y hablan por mí. Cuando escribo, parto de una idea, experiencia, visión o algo que me impacte o emocione. Una vez empiezo, me cuesta parar. Generalmente lo hago de corrido y días después lo retomo y corrijo o lo desecho o rehago de nuevo.

Leo la literatura desde el alma, la sensibilidad y el pensamiento: Un texto me hace feliz, triste o furiosa; hago una inmersión profunda física y emocionalmente. ¡Esa soy yo!

CARTA A MI NIÑA INTERIOR

Mi querida y olvidada niña, tengo que empezar por pedirte disculpas por haberte relegado por tantos años. No pretendo justificarme, ni siquiera sé el porqué de este abandono.

Hoy después de todas las experiencias, sufrimientos, luchas y logros, te dedico el tiempo que merecías a tu corta edad. No sé qué va a pasar en adelante, pero puedo prometer algunas cosas:

Ya no necesitas meterte en tu burbuja solitaria, intentando huir del abandono y lo ignorada que fue tu niñez, causando desazón, ira reprimida, inseguridad y poca valía, ni imaginar un mundo perfecto en esa dimensión que sólo tú conoces; en donde eres la soberana absoluta, imaginando vidas perfectas donde eres el centro de atención: Apreciada, entendida y consentida, lejos de la indiferencia y el desamor.

Sé quién eres, una débil niña hambrienta de amor, atención y cuidados. A partir de este momento, dejarás de ser débil y etérea cual delicada orquídea, para florecer como una margarita –fuerte y flexible– siendo parte de los prados llenos de espigas y florecillas silvestres, que tanto te gustan.

Esta niña adulta, más serena, ecuánime y amorosa, te dice que ya no estarás más sola; porque estás fundida conmigo y allí donde habitarás, de ahora en adelante, estás segura, acompañada y amada. No iré a ninguna parte sin ti, estamos aquí y ahora: trascendemos las dos unidas.

Tu mundo interior ya puedes dejarlo conocer, porque yo, tu adulta, hago parte de él y unidas estamos a salvo. No llores más mi valerosa niña, no es necesario, seca tus lágrimas y deja salir tu verdadero yo, porque eres un ser increíble, lleno de sabiduría, comprensión y perdón. Ahora tus lágrimas serán de alegría y bienestar. Toda la dulzura y entrega que tienes dentro de ti, las puedes poner al beneficio de las dos. Claro, eso no quiere decir que haremos un mundo aparte, ¡no! Dejaremos que salga nuestra verdadera esencia para compartirla con quiénes amamos verdaderamente.

Adiós máscaras, adiós dolor, resentimientos, enfermedades, carencias; nuestra misión es amarnos y amar, disfrutar plenamente del tiempo que aún tenemos en nuestro precioso planeta azul.

Aprenderás a ver lo generosa que ha sido la vida contigo; todo el sufrimiento de niña, te lo compensó la vida con un compañero amante y una maravillosa familia. ¿Se puede pedir algo más?

Te abrazo y me fundo contigo en un infinito sentimiento de plenitud y alegría. Te amo mi niña y tú a mí, caminaremos juntas el camino que falta…

Con amor, yo

BLANQUITA

Apenas se divisa la redondeada cara de Blanquita bajo el gorro y la ropa de invierno que la cubre. Por la limitada abertura, apenas se vislumbran sus delicados surcos en las tersas mejillas y frente; testimonio de experiencias vividas como símbolo de entereza, sufrimiento y abnegación.

¡Qué lejos está de casa, allá, a miles de kilómetros está su hogar! De ser una campesina trabajadora e ignorada, fue lanzada en un periplo por todo el país, tras el caprichoso afán del marido yendo en búsqueda de una ilusión. Jamás pensó, ni siquiera imagino que hoy estaría aquí. Por un momento evoca su juventud, muy corta, llena de trabajos, exigencias y casi nula educación; desperdiciando su increíble Don de narradora de historia y lectora hambrienta de mundos por conocer.

Su tempranísimo matrimonio a tan corta edad, sometida al mando del marido y a la paridera de los seis hijos, seguidos uno tras otro. Las carencias económicas en su deambular por toda la Nación, el hambre padecida junto a su prole, que les fue minando y dejando insalvables huellas en todo su ser; la discriminación social y familiar por su condición, carente de cualquier esperanza de algo mejor. ¡Qué tiempos! Parecen cuitas de novela.

Sacude la cabeza alejando sus recuerdos, vuelve al presente y al sitio donde se encuentra: El día es triste y gris; abre la puerta del carro para bajar las piernas al piso, pero éstas se hunden hasta las rodillas es la blanda nieve. No puede darle palabras a la sensación que está sintiendo, sólo se deja hundir, sintiendo, sólo sintiendo… viviendo. Cuesta dar un paso tras otro. Le advierten el cuidado para no resbalar. Ella observa todo con ojos de asombro silencioso y su boca esboza una amplia y contagiosa sonrisa, mostrando sus maravillosos dientes perlados.

Avanza el grupo, observan, vuelven a avanzar. Se abren las nubes y la blanca nieve empieza a caer sobre sus cuerpos. Blanquita levanta la cara dejando que los copos, cual delicados algodones, le acaricien la cara fríamente. Observa la arquitectura de las casas y bajos edificios, que parecen fondas hechas de madera como las que ella ha visto en películas alemanas; le gustan mucho, tienen un aire de nostalgia e historias no contadas.

Entran a un restaurante a calentarse un poco, beber y comer. Allí hay mucho bullicio, a pesar del frío se siente acogida con afecto. Saborea una gran salchicha alemana, servida por risueñas y amables meseras vestidas de campesinas alemanas. La gente a su alrededor ríe y habla cosas que no puede entender, son muchos idiomas, aunque ella cree que todos hablan inglés. De vuelta a la calle. En una esquina hay cuatro mujeres entonando canciones armoniosas y envolventes, sin importarles la nieve que las está cubriendo. Se detiene para escuchar. Quiere grabar las melodías por siempre en su cabeza para sentir la paz y unión que está viviendo.

Más allá, los niños se deslizan en tablas improvisadas en una pista de hielo congelado. Piensa, ¡qué bonito! Avanza y unas personas muy amables, ofrecen peras y manzanas heladas en casquitos, como símbolo de bienvenida a los visitantes. Más allá, arde una fogata en una caneca en el andén, invita a recogerse, a calentarse un poco. Otras personas ofrecen fragantes y deliciosas tazas de chocolate caliente.

Blanquita está completamente feliz, atrás quedó todo el sufrimiento, humillaciones y dolores vividos; sus ojos están llenos de lágrimas, pero esta vez no son de dolor, son lágrimas de catarsis. Porque ahora todo está completo: La vida ya no le debe nada, ni ella le debe a la vida.

Fue su último viaje fuera de casa, así se despidió de su país, de quiénes amaba y la amaban y, de esta dimensión.

EL VISITANTE

Estoy de pie frente al dintel de la puerta. Ante mí se abre un espacio lleno de luz con dos grandes vidrios que permiten ver lo que me rodea afuera: Árboles, flores, suaves colinas, hojas agitadas por el viento y murmullos de corrientes de agua y animales indeterminados que orquestan el paisaje mañanero.

Escudriño el entorno: A un lado de la puerta hay un mesón rígido, el cual emana calor de alguna parte; hacia el otro lado, una blanca pared con un solo objeto rectangular en el medio adherido a ella, que hace cierto rugido cada cierto tiempo. Girando de nuevo, hacen presencia dos muebles colocados en medio del espacio cuyo objeto es acoger a cualquier visita que se presente.

Hay una sensación de paz y relajación. De pronto ¡PUM! Contra el vidrio, cae un pequeño bulto inerte al piso. Lo levanto; su esencia suena como un tren acelerado, al igual que suena el corazón de un feto cuando se le escucha por medio de ecografía. Intento reanimarlo por algunos minutos, acariciándolo suavemente y pidiéndole desde el corazón: ¡vive!

Intento darle agua por su estrecho pico, pero, de pronto despliega sus alas y sale como una veloz saeta lanzada al espacio. Lo pierdo de vista por unos segundos que me parecen eternos. Luego regresa volando en círculos, frente a mí, hasta posarse por breves momentos en un árbol cercano. Alza vuelo nuevamente, con un nuevo giro que pareciera decir, ¡gracias!

HOLA

Hola hermoso, así te saludo siempre. Eres el mensajero de amores y afectos idos, de presencias añoradas que ya no están y dejaron profundas huellas en su caminar. Espero tu presencia cada día, eres la conexión de lo que fue y ya no es.

No me hablas, me pregunto qué piensas cuando entregas tu diario mensaje. Por qué a veces es largo e intermitente, otra veloz y efímero. No puedo entenderte, sólo sé que eres y ahí estás con tu incansable aleteo agitando el aroma de las amalgamadas flores.

¿Qué mundos conoces, de dónde vienes? Quisiera me hablaras comunicando con palabras los mensajes que me traes y poder responderlos a aquellas que los envían: Fue corto el tiempo que pudimos compartir, faltó mucho por hacer y gozar; sólo queda la honda e imborrable huella al sentir la ausencia que lastima, con lágrimas contenidas, la inconclusa vida que faltó.

Tus visitas con las misivas que traes llevan bastante tiempo, tiemblo cuando te ausentas o no arribas a la hora esperada. Parece tonto, tus silenciosos encargos los espero, los añoro, me acompañan, aunque sean efímeros como tu febril batir de alas, hermoso colibrí.

LA CORRESPONDENCIA

Me siento triste, agobiada. ¿Por qué no me hablas? ¿Qué quedó pendiente entre las dos? ¿cómo es allá arriba, o abajo, o muy, pero muy lejos?

Ya no pertenezco a tu espacio, ahora soy libre de todo dolor y angustia; he sido compensada al regresar al verdadero hogar, estoy rodeada de mis seres amados, sin sufrimiento físico, sin envidia, ni furia, ni rencor. Todo es perfecto. No sufras por mí; no piensas en qué hay aquí, enfócate en lo que tienes a tu alrededor, aprécialo, gózalo, hónralo. No gastes energía queriendo saber mi fin o espacio; los tiempos son perfectos a su tiempo y hora, nada se mueve en el universo sin que esté infinitamente planeado.

Espero sea un lindo lugar, te lo mereces, estoy segura de que allí ven tu valía que pasó desapercibida en este espacio. Tu rol fue de muchas limitaciones mentales y materiales para dar lecciones de humildad, paciencia, incomprensión y tolerancia, retándonos a mirar hacia dentro de cada uno de nosotros antes de criticar afuera. ¡Cuántos aprendizajes dejaste! Lamento no haberlo entendido entonces. Imagino tu perfilada cara con mirada pícara y amplia sonrisa, mirándome dulcemente desde allá con infinita ternura diciendo: "No te lo tomes tan en serio, goza, ríe, disfruta, fluye. Todo está bien, ya aprendiste. Te amo. Nos volveremos a encontrar"

LA PLAZA

Viendo a los chicos que están frente a mí que juegan y hablan, en la plaza de mi pueblo, con la iglesia imponente y colonial en el frente, la alcaldía en diagonal, panadería, notaría en la otra diagonal y el colegio plantándole cara a la iglesia como si la retara en un combate de conocimientos y creyentes; vienen recuerdos de mi propia adolescencia y juventud: Nunca sentí pertenecer a un grupo (aunque interactuaba con ellos, por obvias razones), tampoco fui aislado; sólo mis intereses eran diferentes.

No tengo amigos de ese tiempo ni de ahora. Fui joven, pero creo que sólo de edad: no rompí vidrios de casa ajenas, no atormenté a otros padres; no maldije (aunque me sabía todas las groserías); tampoco di golpes a otros. Creo que estoy en una mente y cuerpo que no soy yo. Tal vez nací viejo, por lo que me perdí ser joven y, ahora no sé qué hacer con el tiempo que queda.

Mi empleo en la ONU, tampoco ha ayudado para encontrarle sentido al mundo; muchos pasan por ahí, algunos con sinceras intenciones de ayudar a un cambio de verdad, pero se queda en ideal y en muchos casos, en desinterés y ausencia.

Estamos en un círculo dando vueltas en él, o él nos gira a su antojo; nada cambia: suben nuevos dirigentes que mienten y engañan buscando sólo su ganancia personal, sin importarles cuánto dañan a las personas y al planeta.

Parece que vamos hacia un sino trágico, empeñados en destruir la Tierra actuando como si existiera la Tierra 2, inconscientes y ciegos hasta el fin.

DE PRISA

Voy de prisa. Mi corazón late con furia, mi cerebro da órdenes: Apúrate, corre, no llegarás a tiempo. Camino con la velocidad que mis piernas lo permiten. Acabo de ver a la vecina, creo que cada vez la veo menos, me saluda con una sonrisa, le contesto con gruñido que simula saludo. No capto su cara de bondad y el gesto amoroso de su mano al saludarme; ha sido mi vecina de siempre, pero ahora no tengo tiempo para apreciar su presencia. De prisa, ¡apúrate!

Llueve, ¡que pereza! Siento la fría y cálida lluvia, que no me permito apreciar y mucho menos disfrutar; me estoy mojando y eso me pone de mal humor, Ignoro el arco iris, ni me detengo a repasar la intensidad de sus colores, tampoco permito a mis retinas bailar la danza de alegres canciones de sus destellos envolventes. Soy nervios, acelere.

¡Tengo prisa! Tomo el transporte, alguien canta, no quiero escucharlo ni lo que dicen sus canciones, menos darle dinero Es tarde. En alguna parte de mi cerebro intento reconocer las canciones que escucho y que tal vez me gustan. No puedo recordarlas ¡Es tarde!

No miro, no escucho, sólo atiendo a lo que dice y exige mi cerebro. ¡De prisa! ¿Los cerros qué me dicen hoy? Impido que su armonía, belleza y hermosa amalgama de verdes, me invadan, ni siquiera sé si han cambiado o están más secos o muy frescos, o si las nubes los arropan con sus suaves nubes de algodón y agua. Me es indiferente, no miro, lo ignoro porque tengo prisa.

Produzco, produzco, inmersa en la responsabilidad, no sé por qué. Regreso a casa: medio saludo los hijos, ignoro sus necesidades emocionales porque no puedo estar atenta ¡tengo mucho por hacer; silencio sus voces para no sentirme culpable de la poca atención que les doy; se los quedo debiendo... espero entiendan algún día, que los amo profundamente con todo el corazón y que todo lo que les quito ahora, es para que tengan lo material que yo no tuve... Silencio las voces de mis amados hijos, familiares y amigos para evitar más fatiga. Estoy con prisa.

Rápidamente, lavo, cocino, plancho... Debería lavar los platos lentamente, con tiempo para meditar en las decisiones que tomo y me afectarán a mí y a los otros, pero como siempre mi cerebro ordena y yo obedezco sin chistar. Tengo prisa.

Un hola al marido; preguntas y respuestas sin sentido: ¿Cómo te fue? Bien. Tengo prisa. Nos observamos mutuamente ¿hay mucho que decir o todo está dicho? ¿En qué momento sucedió la desconexión? ¿Qué increíbles momentos nos perdimos?

Me detengo. Miro con calma, ya no hay prisa. Él y yo, yo y él, empezamos a envejecer. Los hijos crecieron, estoy plenamente consciente de ello, se han marchado. Del correr sólo queda silencio y emociones de conciencia por lo que ya no es ni será, se fue, se perdió, no volverá.

Entrego los tenis de velocidad, me doy permiso de ver, sentir y gozar; con calma, mucha calma y aceptación rodeada de todos los que amo y me aman.

ATRAPADAS EN LA MENTE

Este escrito no pretende ser un manifiesto feminista, son sólo las reflexiones de una mujer que escribe para evitar perderse en las marañas de la mente. Tampoco estoy de psiquiatra; sólo soy una contadora de historias, herencia de mi madre.

¿Te has sentido alguna vez prisionera de tu mente y pensamientos? Me pasa con mucha regularidad, por no decir cada día y en muchos momentos de él. Creo saber quién soy y de dónde vengo, pero con los años se acentúa la sensación de estar envuelta en un tiempo y espacio alterno, donde no sabes qué haces ni por qué estás ahí.

Tampoco son vainas de personas adultas; desde muy niña me di cuenta que mi mente era mi mundo y espacio; ante la imposibilidad de interactuar con otros niños porque no pertenecía a su espacio y categoría, fui incluida en el mundo de los grandes: una niña con deberes de grande. Sobreviví no sé cómo, en algún momento me refugié en mi mente como una tabla de salvación, gracias a ella me hice un mundo paralelo en donde era mi propio centro de atención; dicté mis propios códigos de ética, responsabilidad y obediencia; allí era feliz a veces como una princesa de cuentos de hadas salvada por el príncipe azul (primer libro al que me acerqué) en donde al final siempre triunfaba el bien.

En mi mundo, era juez y ley; intenté castigar a todo el que no entraba en mis códigos éticos y morales, sin detenerme a pensar si estaba bien o considerar diferentes criterios: todo era dictado por mi mente dominadora entrenada en ensayo– error, en la colcha de retazos de mi realidad.

Me he sentido sola, muy sola toda mi vida, aunque he estado rodeada de familia, padres y hermanos; esposo e hijos y muchos más. Siento que no encajo. Soy criticada por familia y amigos y yo misma, sin piedad. No pertenezco aquí, tampoco sé de dónde soy. El vaivén de mi vida me ha llevado como hoja de otoño de un lado a otro clavando las uñas en el asidero más cercano para no sucumbir. Intenté cumplir con lo que se esperaba de mí, aun lo hago, quise atender necesidades primarias de los más cercanos; nada ha sido suficiente, siempre falta algo o no sale como lo esperaba.

¿Atrapada en la mente? ¡Claro! Intento escapar de esa mente que me cuestiona, doblega y lastima, uso mi rebeldía para sublevarme, pero ella siempre vence con sus máximos enunciados de reproche: "No puedes huir de tus responsabilidades", "eres grande, qué carajos vas a hacer a estas alturas", "calma, respira y vuelve a empezar", "esta es tu vida, no la puedes cambiar", "que desagradecida eres, ¿por qué no bendices y disfrutas? "Sólo piensas en ti", "tienes mucho y no lo aprecias…"

¡Cuánta culpa llevo encima! ¿En qué momento me hice dueña de ella? No sé, sólo quiero exorcizarla, dejarla atrás y continuar en paz. Mente, me doy permiso a partir de este momento, para reconocerte, enfrentarte y cambiar lo que ya no quiero ser. Estoy molesta conmigo. No sé si es necedad e inconsciencia de mi parte, pero necesito preservar mi lucidez mental porque me siento como una olla exprés a punto de estallar. He decidido a riesgo de equivocarme y después tener que lamentarlo, recuperar mi autonomía y decisión. A partir de ahora voy a hacer e ir a donde desee, sin pedir permiso, espero mi familia entienda y apoye, no es mi intención lastimarlos ni castigar a nadie, sólo que intento ser yo de nuevo, haciendo uso del libre albedrío; sé que me cuidan y los límites que me ponen es pensando en mi bienestar, pero de qué sirve todo eso, ¿si estoy afectada?

LA EXTRAÑA NIÑA

Hoy ha llegado una niña muy extraña a la escuela, le cuenta Lucy a su madre.

_ ¿Extraña? ¿Qué quieres decir con eso?

_ Pues que es muy rara, no se parece a mí y no me gusta.

_ Espera un poco explícame un poco más: por ¿qué te parece extraña? ¿Acaso es más grande que tú o tiene más o menos años?

_ No mami, creo que es de mi edad e igual de alta a mí, porque en la fila nos pusieron juntas.

_ Sigo sin entender. Si tiene tu misma edad y es igual de alta ¿qué la hace extraña.

_ ¡Ay! Mami no entiendes nada, es extraña porque no tiene el cabello como el mío, no le hacen colas ni moñas y parece que llevara una esponja gigante (como las que usas para lavar las ollas) en su cabeza. Se lo toqué cuando la profesora dijo que le diéramos un abrazo y me dio nervios porque es blandito y muy enrevesado como cuando cojo tu lana de tejer te la revuelvo toda y ya no se sabe cómo desenredarla para que quede bien y, su color de su piel es muy oscuro, parece carbón.

_ Hija eso que acabas de decir no está bien, ningún niño o niña del mundo jamás será igual a ti; podrá haber parecidos, pero nunca igual. Además, el hecho de que ella sea diferente, no la hace menos o diferente a ti y la forma en que te expresas de ella se llama racismo y eso lastima a las personas que se les dice esas cosas.

_ Pero no entiendo, yo nunca había visto a nadie así. ¿De dónde viene?

_ No lo sé, pero en nuestro planeta hay muchas razas de personas; es decir de diferentes colores y eso no las hace diferentes ni extrañas, sólo son así porque esa es su raza. Imagina hija si algún día vas a un sitio donde tu eres la única blanca. ¿Cómo crees que te mirarían?

_ Pues creo que igual como la miramos a ella hoy.

_ Exactamente, todos somos diferentes y eso es muy bonito porque nunca nos aburriremos de conocer a otros, pero debajo de la piel, el cabello y la ropa que se use, somos niños, niñas, jóvenes, mamás y papás y eso no cambiará jamás.

_ Gracias mami, ya entendí, mañana le diré a Astrid, así se llama, que quiero ser su amiga para jugar con ella y hacer las tareas.

DEPARTAMENTO DE QUEJAS

Buenas, aunque no estoy segura de que lo sean.

Me duele el mundo. La estupidez y maldad de sus dirigentes me dejan boquiabierta de asombro e indignación. Debemos ser muy tarados para darle poder a semejantes zoquetes insensibles, perversos y miserables, que están acabando con el planeta con nuestra anuencia, para acumular riquezas que jamás se llevarán a la otra vida cuando les toque el turno, pero se la pasarán a su descendencia para que repitan sus mismos actos, y si los pueden superar en crueldad e indiferencia, mejor. Actúan como dioses convencidos que existe la Tierra 2 y en cualquier momento podrán partir dejándonos su podredumbre y miseria para que nos acabemos de ahogar en ella.

Nacieron sin consciencia, mejor dicho, les quedó faltando; encerrados en sus mundos exclusivos detrás de sus costosos lentes de sol y tras muros excluyentes de grueso calibre, se limitan a ver por sus posiciones e intereses y sólo interactúan con los de su misma especie; porque así se sienten: Son una clase diferente y no pertenecen al común de los mortales.

Los políticos y toda su ralea que nos usan para votar, pero jamás elegir. Necesitan perpetuarse en el poder y para eso se necesita el pueblo ignorante e imbécil que está dispuesto a matarse con el vecino o familiar por defender las "ideas" del falso prócer en su afán de creer en algo, por inverosímil que parezca o ante la evidencia explícita, sirven de tapete para que su adorado líder los traicione una y otra vez y los vuelva a convocar en la próxima elección.

Si ellos son malignos, nosotros somos estúpidos, conformistas y arribistas; en el momento en que conseguimos un poco más de algo, nos pasamos al lado de los poderosos soñando que somos parte de ellos desde nuestra modesta miseria y limitaciones, sin ver que somos usados para que ellos permanezcan en su poder, sin saber que son la barrera para impedir que otros puedan ascender.

Millones de jóvenes después de estudiar con mucho esfuerzo, sacando dinero de donde no lo hay para pagar colegiaturas y universidades, están sometidos, en muchas ocasiones, al capricho de "jefes" mediocres y menos capacitados que deciden por cuánto tiempo pueden trabajar, sin ninguna garantía de igualdad u oportunidad.

Nos quejamos de cambio climático, lo vemos, lo sentimos. Pero ninguno está dispuesto a bajarse del carro, ni a cuidar que la basura que produce no vaya a las calles para luego ir a las corrientes de agua, caños, ríos y luego al mar. Qué importa que millones de peces mueran intoxicados por químicos, plásticos y desechos y que luego nos comemos en ese pescado que primorosamente nos sirven a la mesa; ni las alcantarillas que se taponan produciendo inundaciones con los millones de papelitos y desechos que vamos tirando por doquier. Tampoco nos importa arrasar con insecticidas los campos para sembrar alimentos contaminados y bellas plantas que serán obsequiadas en elegantes arreglos florales de cualquier celebración, buscando crear sentimientos de inclusión y pertenencia.

Hacen armas en vez de alimentar personas. Propician nacimientos de seres humanos para después ser destruidos por las armas que han creado, dicen que para "protegernos" ¿de qué o de quiénes? Si los creadores de las armas son de los que debemos cuidarnos. Acabamos con el planeta aceleradamente y parece que a nadie le importa; es como si en nuestro ADN estuviera grabado el destruirnos inexorablemente. Mientras esto sucede: Vegetamos como morsas, peleamos, robamos, matamos, contaminamos, consumimos, nos drogamos, nos emborrachamos, consumimos sexo y pornografía asquerosa rebajando a las personas a menos que animales, sin detenernos a pensar que estamos hablando de nosotros mismos y que todo lo que suceda a nuestro alrededor y el planeta, es problema de todos, porque ninguno podremos escapar de lo que suceda.

Estoy harta de las arrugas que cambian el rostro, de las fuerzas que nos abandonan, de las enfermedades que llegan, lastiman y a veces no se van. De las soledades que nos envuelven y abruman sin compasión, de los amores que se fueron sin saber por qué. Del llanto de los niños y madres al no saber qué les espera porque les han arrebatado la esperanza. Del que llora porque sabe que sus lágrimas no terminarán ni servirán de nada; del que suplica bajando la cabeza derrotado para pedir al mandamás de turno, que le conceda su compasión; del que sufre porque no ve el final de su padecer; del que miente para no asumir la verdad porque lo avergonzará, busca pasar de agache y tener otra oportunidad.

Entonces, Señor funcionario, después de todas las anteriores consideraciones ¿me puedo quejar?

LAS TARJETAS

Definitivamente nunca me pasó por la mente, que un día toda mi humanidad, la compararía con tarjetas que hablan de mis partes corporales y de paso, con las instancias de mi espacio vital.

Tarjeta #1. El cerebro cree saber quién soy, pero… cuando se convierte en el equipo: yo con yo, hay desdoblamiento de mi humanidad. Mis amores los comparto sin problema y con pasión en un pecho que emana fuego. Quiero lo mejor para mis amados, me ofusco y sufro cuando siento que se están desviando del camino y la impotencia me domina por no poder parar su caída que tal vez los llevará a una realidad difícil. Oh cuánto quisiera tener el poder de la clarividencia e influir para evitarles sufrimientos y desesperanzas.

Tarjeta #2. Los brazos, alquimia y profundidad por el sentimiento de abrazos fuertes y la intención de crear vínculos indisolubles de apoyo y amor en un todo que une y respeta cada individualidad presente, creando un infinito libre e indisoluble.

Tarjeta #3. El vientre ha albergado sensaciones y vida, sintiendo hasta el dolor la intensidad de los afectos, emociones y sabores degustados en franca lid con el presente, pero también la huella dejada en los terrenos de soledad donde están plasmadas, como la tierra, las cicatrices del trasegar vivido.

Tarjeta #3. Mi sexo es el cúmulo de sueños, amor, desengaños, esperas que no se han cumplido y que se niegan a aceptar la realidad que siempre ha estado sabida: no tendrás más de lo que has recibido, es lo que es. No pretendas razonar ni idealizar lo que ha sido, es y será tu mundo erótico circunscrito a lo que han sido capaces de crear en el círculo infinito de la intimidad.

Tarjeta #4. Mis piernas dan pasos de imaginación y verdad en las dimensiones de los caminos andados y por recorrer: cuánta historia hay adherida a tus pies, cuántos avances y retrocesos has tenido que hacer, para un día un poco cansadas y con mucha experiencia, situarme en el lugar que ocupo en este maravilloso planeta: ¡El piso!

EDILMA ÁNGEL

Escritora, Psicoterapeuta, Sanadora con las terapias alternativas: *"Reiki"*, *"Pranic Healing"*, *"Advanced Pranic Healing"*, *"Pranic Psychotherapy"*, *"Kriyashakti"*, *"Magnified Healing"*, *"Terapy of Spiritual Response"*, Sanación del Cuerpo Azul, Liberación del Alma y Resurrección del Espíritu.

Obtuvo el título de Agente Profesional de Viajes y Turismo, con experiencia en Marketing, Planeamiento Turístico y Gerencial, en su país natal. Allí, brindó soporte logístico a Organizaciones Internacionales; Instituto Interamericano de Derechos Humanos (IIDH), la Inter American Foundation (IAF), creada por el congreso de los Estados Unidos, entidad que le otorgó en 1994, un Certificado de Apreciación, en reconocimiento oficial a su servicio ejemplar. Participó en un proyecto de la FAO, también apoyó a Organizaciones no Gubernamentales (ONG), en todo lo relacionado a tiquetes y desplazamientos.

En Estados Unidos, ha participado con sus cuentos cortos y poemas en las antologías:

UN HORIZONTE LITERARIO, 2010

NAVEGANTE DE PALABRAS, 2011

MIND RIPPLES, 2013

EL ESPACIO INFINITO DEL CUENTO, 2014

IDILIO ENTRE PROSA Y VERSO, 2016

LA MENTIRA Y LA ESPERANZA, 2021

Sus libros de motivación y desarrollo personal se encuentran en www.amazon.com

MUJER DE LA SOMBRA A LA LUZ.

TRASTORNO DE PERSONALIDAD MÚLTIPLE ¿Ficción o Realidad?
Traducido al inglés: *DISSOCIATIVE IDENTITY DISORDER, Fiction or Reality?*

YO ELIJO RECORDAR, Cuentos con sentido.
Traducido al inglés: *I CHOOSE TO REMEMBER, Tales to learn by.*

NARA, VIAJERA DEL TIEMPO, una novela donde mezcla la realidad y la fantasía en forma magistral. Traducido al inglés: NARA WANDERER OF TIME

FRONTERAS DEL ALMA – libro de poemas.

Es Directora de D'Har Services, Editorial Arte en Diseño Global y EAM Publishing.

EL CAMPO INFINITO DE LA CREACIÓN

Allí, en el campo infinito de la Creación fui un pensamiento y nací del Creador como una pequeña partícula de luz, elegí venir aquí al planeta Azul e interactuar con los humanos, los animales y objetos. Tengo el Don de transformar mi esencia en cualquier forma. Soy un Ángel, y seré un guía para todos.

Entré en un recinto. Ese lugar tenía altas columnas bellamente adornadas con cantos de oro y figuras celestiales, tenues rayos de sol entraban desde lo alto por los pequeños vitrales, me materialicé cerca del altar mayor, una túnica blanca cubría mi cuerpo, estaba bordada de pequeñas flores azules, violetas y pequeñísimas hojas verdes. La seda flotaba suavemente y mi cabello dorado ondeaba enmarcando mi rostro ovalado y mis grandes ojos color almendra. Observé con amor infinito a una dama que estaba orando, levité hacia ella. Al verme abrió más sus ojos, se llevó las manos al pecho he hizo una venia. Cuando levantó su cabeza ya no pudo verme; sólo sintió una brisa suave que le rodeaba. La señora estaría hablando de esa visión durante muchísimos años.

La visité nuevamente en sueños y le expliqué que todos somos eternos, y que ella tenía siete cuerpos, y que dentro de ellos, hay uno visible; el que experimenta las emociones y a partir de ellas se construye una nueva elección. Los otros cuerpos están para desarrollarlos y poder acceder al conocimiento que hay en cada uno de ellos, y que está guardado en nuestra alma, el gran libro de la vida.

Siendo el viento, disfrutaba meciendo las nubes bajo el hermoso cielo azul. Vi un águila solitaria que planeaba a mi alrededor; su cabeza de plumas blancas destacaba. Esta águila había perdido su pareja y ahora estaba volando en su viaje de interiorización. –Conociendo nuevos lugares puede desmaterializarse y aparecer en diferentes áreas–. Así, calladamente, pasa desapercibida y escoge sus presas para alimentarse o los sitios donde materializarse. Yo la rodeé con un viento suave que la meció ligeramente, alivianando su duelo. Continué mi viaje y llegué a un valle rodeado de montañas, una lluvia ligera caía. Este era un momento mágico; por la refracción y reflexión de los rayos solares en las gotas de agua, se había formado un bello arcoíris. Esta luz en función de su longitud de ondas, forma estos maravillosos colores. Vi un círculo completo y en el centro un tenue blanco–plateado; ese diámetro interno no se ve a simple vista. Alrededor de este círculo se mezclan magistralmente los colores en un juego eterno de alegría, lo admiran grandes y chicos, es la alegría manifestada en la Tierra. ¿Quién no se deleita al contemplarlo? Se engalana como una dama cuando va de fiesta; el arcoíris nos muestra sus siete colores: Rojo, naranja, amarillo, verde, azul, índigo y violeta. El arcoíris es un regalo de Dios para la Tierra. Lloviendo y haciendo sol, son las Gracias del Señor.

También los animales juguetean con el arcoíris, la jirafa con su largo cuello creado especialmente para contemplarlo a plenitud, ella mide hasta seis metros de altura, es un gigante que pasea con dignidad sobre la Tierra. Toma los frutos tiernos de los árboles con su larga lengua y come todo el tiempo, casi no bebe agua, le gusta correr ligera y en libertad, pero es muy curiosa y no le tiene miedo a los humanos. A una jirafa, en especial, le encanta estar sola, aunque suele reunirse en pequeños grupos creando vínculos afectivos muy estables. Le gusta vivir en un mismo lugar, sus orejas tienen radares que escuchan el más mínimo ruido, y está aquí para enseñarnos a escuchar, sólo hace siestas, prefiere estar alerta y no perder nada de lo que desea aprender.

En las noches, le gusta contemplar a los Ovnis que van de un lugar a otro; por la distancia en que se encuentran parecen estrellas. Existe un Ovni muy muy especial, es plateado y tiene una forma ovalada, es un huevo cósmico y su tripulante tiene una energía sutil. Todo el tiempo va entre las estrellas recopilando información; le encanta saber y saber, nunca para de aprender. Al tripulante del Ovni le gusta observar y apoyar a la humanidad, aunque pasa desapercibido para los humanos que sólo miran al cielo por unos segundos. Quienes gustan de observar el firmamento, lo pueden detectar e interactuar con él. Si le haces una pregunta, con un rayo de luz te contestará.

En ese mismo valle, cuenta la leyenda que existía una aldea que la habían reconstruido, y cuentan los que estuvieron presentes: ¡Cómo, desde las cenizas apareció un Ave Fénix de resplandeciente color naranja! Renació ante ellos engalanando su bello plumaje, les mostró el camino de la renovación y les inculcó en su psiquis que todo es posible. Esta ave eterna por sí misma, es la consagración y el ejemplo de la resurrección. Ella puede interactuar entre las eras, maneja el tiempo a la perfección; y de tiempo en tiempo se consume con su propio fuego para renacer nuevamente. El Ave Fénix te enseña que arder en el fuego es necesario para renacer en él como un hombre nuevo, es el ejemplo de resurrección permanente. Deja que las llamas te consuman, luego verás cómo empiezas de nuevo con todo tu vigor renovado completamente.

Bajo el inmenso manto azul, donde la luz distante de las estrellas brilla como faro de guía para los que buscan caminos, me encontré una lechuza. Quién dormitaba durante las horas del día en lo profundo de la arboleda, despertando al anochecer. La observé y vi como su actitud y su aspecto se transformaron súbitamente; este cambio enseña la transformación inmediata. Se acopló al ambiente donde se encontraba, cual, si fuese un fantasma, y en silencio absoluto abandonó su nido volando en sigilosa calma de forma imperceptible.

Daba la impresión que simplemente se evaporaría y se materializaría en cualquier otro lugar. Es muy inteligente y sagaz, vive en estado meditativo, su visión nocturna es natural, ve como si fuese de día, es vidente y observa la realidad en tres dimensiones, es un gran guía espiritual. Gira su cabeza en un ángulo sorprendente, un anillo de plumas alrededor de los ojos, funciona como una trompeta y dirige el sonido directamente a sus oídos. Me reconoció y recibí una mirada intensa de gran aceptación. Le hice una venia y siguió su camino solitario.

En ese valle encontré algo muy particular; en una cabaña existía un médico, inteligente, dinámico y muy hábil, que lo mismo atendía a un ser humano que a un animal. Ayudaba a consciencia a quienes venían a consultarlo; era muy querido por sus vecinos, lo venían a visitar de diferentes pueblos. Estaba felizmente casado, y ambos se dedicaban a cuidar a los pacientes y a todos los animales; incluso, él era un buen psicólogo y arreglaba matrimonios; su fama se extendió y fue considerado un sabio. Tenían una mascota, el gatito MIAU de color blanco y grandes ojos verdes; un gato de Angora de mucha belleza y gran porte.

–Dice una leyenda que fue regalado por la diosa Venus a los habitantes de Ankara–.

El gatito MIAU era muy inteligente, le encantaba la exploración y jugar en el jardín; se entretenía retozando con las mariposas. Todos los días esperaba a su gran amiga, y cada vez que llegaba, le contaba sus fantásticas aventuras. Es una mariposa muy dicharachera, colorida y alegre, con su hablar transmite alegría y hace que todos la sientan, –decía el gatito–. Es hermosa y no es de un sólo color. ¡No, no! Ella se viste de azul y rosa con visos color naranja y tiene largas patas que parecen lazos negros. Le encanta embriagarse con el aroma de las flores. En la casa del Doctor también había un tigre, se lo habían llevado para que lo curara. Lo habían rescatado de un circo, donde el domador lo maltrataba.

Ellos aceptaron cuidarlo y los vecinos ayudaban con la higiene del lugar y la comida. El tigre comprendió que allí era bien tratado y poco a poco aceptaba el amor de la pareja, y de los que lo visitaban. Se había calmado muchísimo, hasta parecía un lindo gatito grande de lo manso que llegó a ser. Y la mariposa alegre que también lo visitaba, le hacía volar la imaginación y lo contagiaba con el disfrute de la vida. Le gustaba narrar, cuánto le encantaba estar donde había chiquillos y escuchar sus risas y cantos; ella misma hacía la gran diferencia, enseñándoles lo que es el amor incondicional.

Podría quedarme muchos años allí, todo era muy interesante, pero seguí mi camino, hasta que divisé una cascada de agua cristalina y delicadamente tomé mi forma angelical. Empecé a descender y una gran luz blanca con destellos dorados, salió de entre la cascada; una corriente de energía nos envolvió y nos comunicamos telepáticamente. Era un ser de luz, me contó que estaba muy feliz en este lugar y le encantaba jugar con los animales de la floresta que venían a calmar su sed, y que en las noches, cuando alguien estaba divisando las estrellas se le aparecía con movimientos danzantes. Algunos podían verlo, otros no.

Le gustaba cambiar de colores y subir y descender en movimientos fugaces; con los niños podía interactuar y hasta tomaba formas. Ella era una más de los amigos imaginarios y los podía acompañar durante varios años terrestres. Capté la esencia diáfana y pura de este ser de luz, compartimos un momento maravilloso. ¿Qué daría yo, por poder interactuar con todos, y contarles de los muchos mundos que existen? ¡Para que no teman por nada y vivan esta experiencia de vida en felicidad!

Luego me torné transparente y me dirigí hacia la entrada principal de la población cercana, parecía el centro de comercio. Escogí el lugar adecuado, cerca del camino primordial, junto a una gran roca que estaba en la entrada principal.

Pacientemente empecé a observar a los que pasaban por ese lugar, esperando al más grande que había de aparecer; y apareció un hombre seguido de un grupo de seguidores; su Aura era super resplandeciente, Él, era el Mesías. Alto, elegante y de tez cetrina, su cabello largo con visos dorados enmarcaba su rostro ovalado, su frente amplia y grandes ojos verde–azules. Vestía una túnica de algodón sencilla, usaba sandalias y todo Él, emanaba dulzura; si su mirada se posaba en alguien, ese alguien inmediatamente era revitalizado o curado. Él, es la representación del amor aquí en la Tierra, en su camino todo lo podía ver. Me observó, sabía quién era yo, posó su mano sobre mí, y murmuró unas palabras que fueron música para mis oídos: –Sígueme, ya sabes, haré iniciaciones y tu participación te impulsará a un nivel superior, y cuando lo decidas estarás con mi Padre. Apenas pasó el grupo, yo desvanecí mi figura.

Esa noche, al reunirme con mi maestro, tomé una forma humana, me puse cerca de Él, Él me activó el chacra del corazón. La energía que inundó mi ser fue inefablemente maravillosa, todo mi ser vibraba mientras bebía de su sabiduría; le gustaba hablar en parábolas para quienes pudieran entenderlas, o en el futuro las entenderían. Sus palabras no pasarán, pasará el tiempo, pero nunca sus enseñanzas de amor. La iniciación bajo la Luna Azul, fue un ascenso mágico. Fuimos a la superficie lunar y allí levitamos, mientras Él nos hacía uno, con cada astro de espacio infinito. La luna brillaba más que nunca, yo podía escuchar su suave susurró y vibraciones de gozo. Su superficie áspera se volvió como un copo de algodón, a nivel de telepatía.

Él impartía los tipos de movimientos y las formas que debíamos ejecutar sentados en posición de loto; los ejecutábamos con nuestras manos: Primero aprendimos a hacer un gran círculo a nuestro alrededor, la mano izquierda puesta en nuestro centro a la altura del corazón, y con la mano derecha hacemos una media luna y luego cambiamos de mano, y terminamos el círculo con la otra mano, así nos protegíamos. Uniéndonos con el ritmo del corazón nos convertíamos en estrellas. –Y así, con este símbolo poderoso de iniciación en la misma posición de loto, tu mano izquierda la llevas a la altura de tu corazón y con la mano derecha, desde el centro de tu frente haces una línea recta descendente que llega a la rodilla izquierda, y representa tu descenso a tu vida. De ahí trazas otra línea recta hasta la rodilla derecha, y significa tu nivel de experiencias en la vida, y de ahí asciendes hasta tu frente, ascendiendo a tu lugar de origen con el Creador.

Con estos símbolos sellas tu cuerpo de cualquier energía discordante y nada te puede afectar. Y el triángulo es un símbolo de poder, muy poderoso. A un comando de Él, entrábamos en trance y viajábamos a otras dimensiones. Nos enseñó a dejar el cuerpo inmóvil y desplazarnos a miles de kilómetros, o a otras galaxias para auxiliar al necesitado. Y lo más importante, a Amar y Amar. Cuando terminamos nuestras iniciaciones, cada uno de los presentes escogió un planeta para practicar las enseñanzas, perfeccionarnos y crear nuestras propias iniciaciones.

Han pasado más de dos siglos y he regresado nuevamente a la Tierra, y como nos lo dijo El Maestro en su época, que él encarnaría nuevamente cómo hombre y se pondría a beneficio de la humanidad, él, ahora en esta vida se llama Grigori Grabovoi. Y como siempre lo hace, en cada encarnación busca una población pequeña para crecer como un niño normal. Grigori tiene todo el conocimiento de Jesús y es guiado por el Creador; él ha empezado a dar el conocimiento a la humanidad con números, fórmulas sencillas y controles que hacen de sus técnicas algo fácil de hacer, y los resultados son asombrosos. Cualquier persona que la practique, le puede ayudar, ha cambiado la vida de muchísimas personas.

Y a diferencia de su vida cuando fue Jesús, cuando 12 hombres adinerados lo siguieron y luego una multitud de personas. Pero no tenía mucho campo de acción, aunque él solito bastó, para cambiar la historia y dividirla en dos. AC antes de Cristo y DC después de Cristo. Su palabra nunca ha muerto, ha prevalecido y prevalecerá a través de los siglos. Ahora, cómo Grabovoi, tiene miles de apóstoles, hombres y mujeres de todas las edades, nacionalidades y estatus sociales. Él tiene el grupo mayor de apóstoles sobre la Tierra.

Su enseñanza se basa en el amor y en la macro salvación global. En mi opinión, es muy grato ver y practicar las técnicas sencillas y potentes que él enseña, y ver cómo todos los seres que creen en él, logran cambiar sus vidas. La tecnología que él enseña en este siglo ayuda muchísimo a la expansión de consciencia; él vino a ayudar a la humanidad. Todos pueden aplicar con Él, y hacerle peticiones que todas son escuchadas. Él, apenas está escribiendo su historia.

Yo soy conocido como el Ángel del perdón, puedo apoyarlos con sólo llamarme. Soy y estoy a vuestro servicio.

MUJER

Como mujer que es; prodiga un amor incondicional muy parecido al amor de Dios, es más, sería exactamente el amor de Dios si aprendiera a vivir en Él, y en el ahora que en el mágico presente. Esa es la meta que han olvidado las diosas, esa es la meta a conquistar para recobrar nuestro poder, es lo que hemos perdido, y es lo que las iglesias nos lo han refregado, haciéndonos sentir pecadoras, aplicándolo sistemáticamente por siglos a todos los humanos, y bajo el cual han creado todo un Sistema de Ocultismo y nos han tenido lejos de la verdad. Han buscado todas las formas para aislarnos. Y nos echaron la culpa sobre los hombros de la mujer, al implicarnos que por la mujer fue expulsado Adán del Paraíso. Y fíjense, que hasta la serpiente es femenina. Pero, ¿saben por qué es femenina? Por la sencilla razón que desean bajar a la mujer al mismo nivel para que no se levante, para que se arrastre, para que mendigue.

¿Pero que representa? Por ejemplo en la medicina[1] La serpiente representa la vida. Representa el ADN, que es el torrente de vida

---

[1] El símbolo de la medicina representada por el **Báculo de Asclepio** (o Asclepius), que consiste en un báculo, varita o vara, con una serpiente entrelazada. En la antigua mitología griega, Asclepio es el dios de la curación, o de la propia medicina. Se dice que el centauro Quirón le enseñó esta ciencia, y que pronto destacó sobre su maestro. Su capacidad de curar era tan notable que se ganó la reputación de resucitar a los enfermos. Esto se debía a que Asclepio sabía cómo dosificar perfectamente los brebajes de la sangre de Gorgona. Dada la capacidad de cambiar de piel, la **serpiente** constante en el símbolo representa el renacimiento, así como la fertilidad.

que debe subir por la columna vertebral, hasta invadir nuestro cerebro, hasta abrirlos para que llegue la iluminación y puedan penetrar a los mundos intangibles, a los mundos de manifestación instantánea. Por eso también condenaron a la serpiente, para que le tuviéramos miedo y fuera pisoteada, inclusive también por las mujeres. Pero, ¿sabes por qué? Porque al igual que las mujeres que han sido y siguen siendo pisoteadas, ultrajadas a pesar de los siglos de perpetuar esto, no han podido hacerlo a pesar de ello, y de los medios con que han tratado de borrarles. No han podido quitar vuestro poder, ese es el que han tratado de borrar de la faz de la Tierra. Y si eso no fuera así, sólo miren el logotipo de la medicina. ¿Por qué creen que hay dos serpientes unidas subiendo entrelazadas por una espada? Pues, porque este logotipo representa la vida. En todos los seres humanos existe esa misma forma interna. Está en vosotros, ¿no lo ves? Eso es así, eso es lo que les han tratado de robar. Es la divinidad de las diosas, la magnitud del amor divino, prodigándose en la Tierra para la Tierra, y para todos. Esa es la meta para recobrar tu valía.

PRISCA SILVIA ARCIA

Nació en La Habana, Cuba, el 10 de Septiembre de 1945. Realizó varios años de estudios en la Escuela Nacional de Artes; ENA. Posteriormente se gradúa de enfermera Pediátrica en el Hospital Carlos J. Finlay. También adquiere título Contabilidad. El 1 de Agosto de 1994 sale de Cuba hacia Estados Unidos con sus dos hijos de 17 y 11 años. Se instala con su familia en Miami Florida, donde reside actualmente. En Miami realiza cursos de Medical Assistant, Flebotomía y Nurse Assistant. Pertenece al Movimiento Democracia, grupo pacífico que lucha por la libertad de Cuba y otros pueblos.

Publicó su primer libro 'Cuba la Isla del Silencio' a los 68 años, en Enero del 2014. Su primera obra puede catalogarse, como bien lo ha descrito la autora, una denuncia por la libertad de su patria. Ha publicado otros libros con diferentes temas, entre ellos: "Y Colorín Colorado", (poemas y cuentos infentiles),

"Cuentos de Cuba y el Exilio",

"Desnudando el Alma: (poemas de amor),

Poemas del Destierro"

'Huellas y Recuerdos" (Diario de una Loca).

En "Huellas y Recuerdos" pretende reflejar las emociones más íntimas de una mujer sensible y soñadora, que ha sabido enfrentarse a la vida y a las adversidades del destino con pujanza. Además, advierte sobre la necesidad de recuperar la empatía en los seres humanos. La autora refiere que su fama consiste en poder regalar sus libros y haber logrado hacerlos llegar a los niños y adultos de su pueblo natal. Por tal motivo se siente feliz y realizada.

Participó en la Antología "El Espacio Infinito del Cuento", en el Club de Literatura de Francisca Arguelles. Publicado por D'har Services.

EN EL UMBRAL DE LA VIDA

10.06 am. Primer domingo de mis 77 abriles. Septiembre del año 2022. Es un placer llegar a nombrar esta cifra con optimismo. ¡Wow! ¡Cómo ha pasado el tiempo! ¿Y yo, qué hice todos estos años? ¡Nada! ¿Nada…? Es un día esplendido, digno de admirar a través de una ventana, lo puedo divisar desde la puerta de cristal que da al jardín del patio, donde revolotean los pájaros y cantan los gallos sin misericordia, a tempranas horas del día en plena ciudad que progresa. No sé de dónde llegaron; encontraron refugio en este edificio y aquí se han quedado, disfrutando el cálido verano de Miami.

11.20 pm. Noviembre del año 2022. La mente y el cuerpo no caminan al unísono, por las grandes ciudades, son como dos amigas que se distancian al llegar a la adultez; ciclo en el que cada cual escoge su camino. Ambas siguen unidas por los recuerdos del pasado, pero jamás podrán volver a reconciliar el presente. La mente dirige sus pasos hacia los extremos sin mirar las consecuencias; el cuerpo impone límites, atrofia los músculos y se deja vencer por los años. Nunca deberíamos envejecer, el dolor del cuerpo se agrava con el tiempo y la piel del rostro se arruga sin misericordia; se apaga la luz de las pupilas y caen los párpados. Pero si no envejeciéramos no podríamos acumular vivencias, experiencias, recuerdos de amores y dolores, penas y alegrías. El Mundo sería más absurdo, menos sugestivo, con pocas emociones, inconcluso.

Mayo 21 del año 2023. Los años, implacables como siempre, arrancan de nuestras vidas los mejores momentos, las grandes alegrías, las sonrisas que luego nos devuelve convertidas en muecas mordaces. Ya nada es igual. Perdemos tantas cosas en el camino, juventud, belleza, familiares, amigos. Cuando el destino se tuerce es difícil encontrar la paz. Es triste ver partir a aquellos seres especiales que amamos de corazón. El dolor es inmenso, extrañamos su compañía, sus charlas, sus consejos, sus regaños de segunda madre, su cariño, su inmenso y noble corazón repleto de empatía. Son tantos los momentos difíciles que hastía vegetar en la soledad de una habitación, no es posible respirar entre almohadas y lágrimas. Cuando pasas el tiempo a solas, buscando un lugar apropiado para entretener el tedio, leyendo libros, escribiendo versos o haciendo miradas furtivas al bendito teléfono celular que no chilla, aumentas la ansiedad y se te oprime el alma. Porque nada te alegrará la vida, si no sabes batallar con la soledad.

He dejado de anotar fechas en estas notas, ¿para qué? De todos modos los días transcurren lentos, silenciosos, sin remordimientos, y no quiero sentir la daga que se clava en el alma cuando te das cuenta que han pasado los años y nada queda, sólo gratos y malos recuerdos. Por eso es preciso renunciar al pasado una vez más y vivir el presente. Un nudo aprieta la garganta y el aire no llega a los pulmones, por esa razón, de vez en cuando salgo al balcón para respirar aire puro. El aire fresco es lo único espontáneo y verdadero que nadie ha logrado eliminar de nuestras vidas. Es preciso salir al balcón, desandar por las calles, viajar, arrimarse a un grupo de patriotas o intelectuales, cantar punto guajiro en un combite, y si no hay dinero para darnos un regalito sorpresa, hay que sacar del bolso la tarjeta gratis para pasear en tren, montar en bus, ir al puesto de frutas o hablar con los vecinos.

La vejez es una dura realidad que no logro grabar en las neuronas. No viene de acuerdo con los deseos íntimos del ser humano, ni con las ilusiones. Se apropia de las almas que vegetan indefensas en cualquier lugar del Mundo, apaga las caricias detenidas en el tiempo y se lleva la energía de los brazos y los pies, dejándote a merced de las pocas fuerzas que intentas retener para realizar ejercicios que no van de acuerdo con la edad. Por esa razón, a veces caes de cabeza en cualquier lugar. Camina despacio, usa el bastón si es necesario, anda con cuidado. Pero no te detengas. ¡Vive la vida con intensidad!

Si un vacío inmenso acompaña tus días cuando nadie viene a verte, es que aún no has aprendido a convivir con la soledad. Debes aprender la lección. Calma el desvelo de la ausencia con iniciativas propias de tu edad; reza, canta, escribe, sale de la alcoba, sueña que eres feliz. No vuelvas a la rutina de la sala al balcón y del patio a la cocina, donde los espejismos atormentan las figuras inexistentes. Las marcas sin sentido dejan huellas de dolor en la mente y arrebatan la paz del alma.

Sé que el alma duele, duele mucho, nunca dejará de doler, pero no intentes revivir el pasado porque ya no existe. ¡Se acabó! Ahora sólo queda esperar una migaja de cariño, una mirada de lástima, un abrazo fingido, un beso de despedida, –si es que todavía hay alguien que suele saludar o despedirse a la antigua, dejando de lado la fría llamada de un celular para dar el adiós–. Despierta, aprende a resistir la espera buscando nuevos horizontes. Recuerda que las relaciones entre los seres humanos se han transformado en una amalgama de caritas y manitas enviadas a través de tarecos plásticos, los que han sustituido los saludos con estrechón de manos, los besos y las caricias. Los tiempos cambian, apenas se conversa en los hogares, todos andan de prisa, con el artefacto de cualquier color apretado entre los puños como si fuera un tesoro.

Terminaron las reuniones familiares, donde cada uno decía lo que pensaba y luego sacaban conclusiones. Atrás quedaron los días del taburete recostado en la pared del portal y los vecinos charlando cada noche antes de ir a dormir. Los amigos del barrio van quedando atrás, porque los niños, en vez de ir al patio y hacer círculos en la tierra para jugar canicas, prefieren jugar en las computadoras, viviendo a solas en sus habitaciones. Los amigos del barrio han sido sustituidos por amigos virtuales. Es triste muy triste… Cada uno en su mundo, ama a su modo, se retrae, se aísla de la naturaleza para disfrutar sus peripecias cibernéticas, sin que nadie les moleste. ¡Y ni se te ocurra interrumpir sus andanzas, porque seguro saldrás abochornado por intruso! Los intelectuales también repasan abstraídos durante horas, las ciencias aplicadas inalámbricas. Se creen super héroes, aunque sólo estén ofreciendo besos de metal a través del internet.

Bendice los besos que ya casi nadie regala en las mejillas. ¡Bendícelos! Porque ya van siendo recuerdos del pasado… En esta era, en la que los besos llegan por chat y los abrazos por celulares, envuelve entre tus manos el teléfono como si fuera un ser viviente, ámalo, pero no dejes de pensar en lo hermoso que se siente el poder besar y abrazar a una persona frente a frente. Y si alguien te recuerda y te envía una manita a través del celular, no lo desprecies, bendícelos también. No olvides que esta es la época del abrazo virtual, y el cariño que necesita el corazón viene en forma de sustancia plástica para darle amor a tu vida, aunque desearíamos que fuera como antes… ¡Cuando los besos eran robados a la luz de la luna y los abrazos se daban sin reparos!

Es triste, muy triste… Pues mientras les bendices… ¡Al ser humano se le apaga la visión, se le obstruye la inteligencia, se le desvían las vértebras cervicales, se le joroba la columna vertebral, y muchos jóvenes y adultos caminan por las calles mirando hacia abajo convertidos en zombis, tropezando con cuántos postes encuentran a su paso, y de vez en cuando algún vehículo cae en los huecos de las alcantarillas, provocando accidentes. ¡Dios nos libre de tanta apatía virtual! ¡Levanta la cabeza! ¡Vive la vida! No regales tus sueños a los demás seres que te miran a través del espejo del celuloide. Ellos viven su vida sin importarles que una hoja se desprenda del árbol y se seque en algún lugar del Mundo. No pierdas el tiempo detrás de una pantalla cibernética, luego no habrá recompensas y todo se termina; el mañana no existe. Sólo existe el presente, aprende a sentir que tú eres importante. Un ser humano que ama y necesita amor. El Mundo está lleno de amor y de alegrías, disfruta la vida. Recuerda: "La vida es el único regalo que no te dan dos veces."

Mi vida se ha convertido en un conjunto de sucesos y acciones incalculables. Desde hace muchos años decidí integrarme a la lucha pacífica por la libertad de todos los pueblos del Mundo, especialmente, por Cuba, mi patria esclavizada. Desde el exilio poco podemos lograr, pero cada granito de arena forma una playa. Así esperamos cada día, ver el cambio de Gobierno para que el pueblo logre vivir con dignidad, y dejen de mendigar trapos y alimentos a los familiares del exilio. Pues debido a la hambruna y al desequilibrio social, allá en mi país existen seres vulnerables, sofisticados, frágiles, triviales, incapaces de luchar para salvar a su pueblo, sobre todo, mujeres livianas, competentes para escapar de su país saltando fronteras, visitando decenas de Estados para llegar a cualquier país del Mundo y poder enviar dólares a los seres queridos que abandonan a su suerte, las que a veces regresan llevando sustento y mercancías a su gente o cargan productos para lucrar con el dolor ajeno. Seres enigmáticos, seductores y atrevidos. Es triste, muy triste… cuando pierden la dignidad en el camino.

Aunque también existen seres extraordinarios, trabajadores incansables, hombres y mujeres que no mendigan y surten a la familia laborando en cualquier rincón del país por cuatro monedas de salario, o inventan negocios sabiendo que de vez en cuando el producto de sus ventas va a parar a las manos de los que les reprimen. Muchos de ellos, jóvenes inexpertos y adultos cansados de sufrir la dictadura, arriesgan la vida intentando derrocar al Régimen. También existen grupos de mujeres fuertes, bravas, simples damas capaces de arriesgar la vida por salvar la patria, madres abnegadas que viven soñando con un futuro mejor. No salen a las calles a la caza de algún tonto que les llene los bolsos de monedas de oro, ellas caminan con sus gladiolos en las manos, llevando el sacrificio de las MARIANAS DEL 2000 con dignidad. Intentan salvar la patria del dolor y la hambruna que sufren desde hace más de medio siglo.

El futuro mejor que nunca llega… es todo lo que anhelan. La vida las golpea una y otra vez, pero no se rinden. Sin su presencia el Mundo quedaría sin alegría, desolado. Tienen tanta necesidad que luchan sin descanso por alcanzar la libertad, antes que se les termine la existencia. Vivimos tiempos difíciles, absurdos a veces, pero a ellas no les importa, siguen adelante pensando en los buenos tiempos que algún día asomarán de improviso. ¡Es digno, muy digno!

Cuando pasa el tiempo esperas que todo mejore, los días son como dagas que se clavan en la memoria para robar el descanso. Me siento frágil, despierto en las noches sin motivo aparente, los sueños sin sentido me persiguen, es difícil incorporarse a media noche porque el cuerpo duele demasiado. Cuando somos jóvenes no sabemos andar porque la inexperiencia nos detiene. En la madurez se pierde la capacidad de andar veloz porque los años no perdonan. El esfuerzo de una persona mayor nadie lo reconoce, los nuevos ignoran que las fuerzas te abandonan y la capacidad de caminar se pierde. Aunque las personas mayores hacen lo indecible por complacer a los hijos, nietos y familiares, ellos se sienten insatisfechos. Los ancianos son verdaderos héroes del destino.

No me siento culpable de andar por la vida acumulando sueños que nunca se llegaron a realizar, de vivir añorando un amor eterno que jamás encontró cabida en el corazón, un amor romántico que arropara el alma con sus versos en las noches de insomnio. Las personas románticas nunca dejan de soñar, aunque sea imposible encontrar un amor eterno. ¡Si al menos pudiera gritarlo al viento, susurrarle al mar… desahogar la pena que abraza mi sentir y comenzar de nuevo!

¿Ves? Ya todo acabó. De nada valió el sacrificio de no querer ponerle padrastro a mis palomos, ellos volaron del nido cuando se les antojó, y yo quedé quieta, esperando algo que quizás nunca llegará. Amor del bueno. Tan sólo acompañada de mis poemas, mis amigos del grupo que luchan en el exilio y más tonta que una gallina sin polluelos. Intentando subsistir en este mundo absurdo, colmado de gente apática que sólo miran hacia abajo, para enviar saludos a través de un celular. Repito. ¡Vive tu vida! No regales tus días a los demás seres que te rodean, aprende a valorar tus horas y tus días, luego no habrá recompensas y todo se termina. El mañana no existe, sólo existe el presente; debes apreciar que tú también eres importante, tu vida vale igual que la de los demás. Mírate al espejo. ¿Qué ves? Si un rictus de amargura frunce tus labios y opaca tu mirada. ¡Despierta! Aléjate del espejo sin temor e intenta sonreír. Repasa la lección, aprenderás a amar la vida, no sigas complaciendo peticiones. Tú también eres un ser humano necesitado de amor y comprensión.

Mi amor se pierde en el infinito; el amor es así, impredecible. Agotas la mirada sin darte cuenta del sacrificio que haces para ver las estrellas desde tu alma. No importa lo lejos que se encuentren, siempre irás tras ellas, en silencio, buscando el firmamento con tus pupilas enamoradas del amor. Después, las horas pasan veloces mientras te dejas arrastrar por el recuerdo. La vida es frágil, cultiva su hermosura, mañana te será difícil continuar. Sé feliz, valora todo lo que te rodea, tu familia, tus amigos, el mar, la luna, el sol, la noche oscura, el cielo azul. No importa que tu único amor sea la soledad.

¡No tengo nada más que decir…! ¿El amor llegará? No lo sé… ¡Ama, ríe, sueña, recuerda que estás… ¡En el umbral de la vida!

A

*María Lourdes
Naranjo*

Y

Mercedes Santana.

Entre las Marianas del 2000 que luchan sin descanso aquí en el exilio de Miami, también tenemos a dos mujeres admirables, patriotas tenaces. "Incómodas" por culpa de la situación existente en Cuba. Estas dos Damas de Blanco en el exilio, cada domingo de 12 a 2 pm de la tarde, se plantan frente al restaurante Versailles en la calle 8 del S. West con sus banderas y carteles para apoyar a los presos políticos que sufren maltratos en las cárceles cubanas, sin importarles que haya frío, calor o llueva intensamente. Para ellas, lo más importante es demostrar que desde el exilio se siente el dolor de lo que está sufriendo el pueblo de Cuba y otros pueblos del Mundo. Son mujeres dignas de admirar por los sacrificios que hacen desde hace casi diez años. Pues las he visto llegar enfermas, agotadas y no se cansan de luchar por ver a Cuba libre. Ellas dicen, no nos vamos a cansar de denunciar los horrores de la dictadura cubana. Confieso que me siento orgullosa de poder acompañarlas cada vez que puedo, en tan sacrificada tarea. Pues no es fácil resistir el fuego del sol del verano, la lluvia, el polvo de la calle, el ruido de los carros.

Numerosas anécdotas colmadas de patriotismo pueden contarse sobre el diario bregar de estas dos fieles figuras del exilio político cubano, que no descansan ni un segundo, pintando carteles, yendo a diferentes manifestaciones, protestas, reuniones, etc. Su objetivo: Lograr la libertad de Cuba y otros pueblos.

En fin, estas dos patriotas cubanas a las que he nombrado respetuosamente: "Marianas del 2000", fundadoras del grupo "Los Incómodos del Versailles", merecen gran respeto y nuestro reconocimiento a tan abnegada labor patriótica. Dios permita que muy pronto puedan ver a Cuba libre.

A
Carlos Aragón.
Héroe del exilio cubano.

Entre los bellos recuerdos que algún día serán historia, sin estatuas de mármol, sin grandes pensamientos; sólo como una forma de admirar un gesto patrio que demuestra la fuerza interior, de aquellos que luchan por liberar a nuestro pueblo desde el exilio en cualquier parte del mundo, puedo plasmar con orgullo la respuesta más acertada que me dio Carlos, un joven patriota que es capaz de llegar al máximo sacrificio en los días tan cálidos del verano. Este gran ser humano, luchador incansable que viste el uniforme de presidiario sobre su ropaje, en protesta pacífica para denunciar la represión del Régimen en Cuba contra los presos políticos, resistiendo el calor del sol cada domingo frente al Versalles en pleno mediodía, me preocupaba. Por lo que un día le pregunté: −¿Tienes calor? ¿Por qué no te quitas el pullover interior? Él me respondió con firmeza en la voz: –¡El calor que estoy pasando bajo este sol, no es nada, comparado con el calor, el trabajo, las torturas y la represión que pasan los presos políticos en Cuba dentro de las cárceles! Se me hizo un nudo en la garganta, lloré. Dios te conceda la dicha de ver a Cuba libre

ANGÉLICA BLANCO

Me llamo Angélica Blanco, nací enero de 1936, Bauta, provincia de la Habana, Cuba.

Al año de nacida mis padres se mudaron a Cayo de la Rosa, Ariguanabo.

A los 13 años me gradué en modistería y en diseño.
Salí de Cuba en 1969, junto a mi esposo y tres hijos, rumbo a Madrid, España.
Dejando atrás nuestras familias, los recuerdos y nuestra tierra, buscando trabajo y libertad. En nuestra estancia, pusimos un negocio de artículos españoles, además cosía y mi esposo consiguió trabajo en el hotel Meliá de Castilla, en 1971 fuimos a vacaciones a Italia, Roma.
1972 fuimos a Paris, Francia
Al cabo de cuatro años, nos autorizaron la salida para Estado Unidos, l1973, 26 de octubre nos llegó el telegrama, anunciando la salida para la Florida en Estados Unidos.
Permanecimos 4 meses y luego nos fuimos para California, fue la mejor decisión, compramos un market, después de 7 años

regresamos a Hialeah, Florida en 1980 y compramos el restaurante El Rincon Criollo, después lo vendimos y luego mi esposo se enfermó.

Tuve que cuidar niños para poderlo cuidar, 3 años después el falleció. Seguí hasta el 2000 con los niños y la costura. Pero decidí continuar con la costura tiempo completo.

En el 2003 hice un producto desechable, según los abogados era un producto de alta calidad, pero no se ha podido finalizar ese proyecto por falta de capital.

¡Qué bueno eso no está en el mercado! Eso me tranquiliza.

Todos los que he confeccionado son diseños que han sido creados por mí, estoy celebrando 75 años de trabajo, 41 en Hialeah, Gracias a Dios.

Lo de los poemas y versos desde niña me gustaba cantar y componer. Estos son mis poemas, versos y cuentos, Dios permita que llegue a sus corazones. Ahora como no puedo cantar tengo que conformarme con escribirlas y decírselas a ustedes.

Gracias por escucharme y disfruten mis imaginaciones porque se las he escrito con amor, para mi gran familia, que son ustedes.

Escribió su primer libro "80 y qué…" a la edad de 80 años.

¡VIAJE A LA PATRIA!

¡Anoche, vi a la luna…
y me asomé a la ventana!
Le pregunté: ¿Si iba a Cuba…?
¡Claro, más tarde llegaba!

Yo le entregué una carta,
para que a mi madre diera
y me dijo que subiera…
que me iba a dar una vuelta.

Yo, asustada, le dije que era de noche
y no se iba a ver nada.
Ella, me contestó, vanidosa…
¡Qué todo lo iluminaba!

¡Fue el mejor de los paseos,
que he tenido en mi vida!
Con la pasión encendida…
me sentí que era una estrella.

. . .

Ella le dijo a la Tierra:
—¡Qué linda te ves de lejos!
¡Eres la isla más bonita,
que ha tenido el Universo!

¡Y tú, mi luna querida… sin tu luz…
¿Qué vamos a hacer?
¡No te vayas por las noches,
vete al amanecer!

¡Cuánto te amo, mi patria!
¡Pronto, quisiera volver!

PARA MI MADRE TIERRA

–Hola!... Sí…
–¡Madre!
–¿Cómo estás?
–¡Bien… ¡Sí!... ¡Voy para allá!

Una llamada recibí,
de una madre que me queda,
muy poco me demoré
para reunirme con ella.

Cuando la tuve en mis brazos,
me arrodillé ante ella…
Le dije que le llevaba
lo que me había pedido.

Ella, muy triste y sola,
me dijo cuánto me amaba,
que era la hija más buena,
la única que la recordaba.

Después, desesperada, quería saber,
¿qué traía dentro de la maleta?
¡No llores, madre, te traje
lo más preciado que quieres…

Empecé por la punta de Maisí
hasta el Cabo de San Antonio
regando toda clase semillas
que eran… de todos los colores

También, puse banderas,
en cada pueblo que hubiera.
¡Mi madre estaba tan contenta,
esperando que amaneciera…!

¡La lluvia cayó de pronto!
¡Después, los rayos del Sol…
los árboles… adornaron la Tierra,
dándole mucho amor!

Las familias, muy contentas
por los milagros que hubieron,
¡Y al final… Todos se unieron
para celebrar la victoria!

¡Entre banderas y cantos, el sol, que reía tanto…!
¡Los pajaritos piaron…!
¡Y al fin... se terminaron los llantos,
en nuestra Cuba tan bella!

¡Madre, no llores más,
tus hijos te quieren mucho!
Pero todavía no pueden regresar.

Esperemos otro rato…
¡Que yo te prometo…
no nos iremos jamás!

¡POR FIN, LLEGUÉ A MI PUEBLO!

"De una imaginación muy bonita"
Ayer le dije a mis hijos, que quería ir a Cuba…
También algunas familias, se enteraron que me fui.
Montada ya en un avión… Sentía mi corazón,
gozando de mucha alegría.

¡Cuántos recuerdos llevaba!
¡Quería tocarlo todo!
Era ese, mi modo de no pensar que estaba soñando.
¡Toqué el aire, primero… y después los rayos del sol,
la lluvia, la tierra…!
¡Donde me arrodillé, di gracias y caminé...
para encontrarme con mi pueblo!!!

Y no me encontré con nadie, todos ellos habían muerto.
Sin ninguna esperanza… pero seguía buscando…
¡Eran todos mis recuerdos…!
¡Y me encontré con una palma...!
Ella me esperaba y me decía: ¡Gracias!
¡Porque yo, había vuelto!
Me senté un rato… y vi a lo lejos, mi escuela.
¡Eran escombros, lo que quedaba! ¡Pero yo quería verla!

Vi un parque, una fábrica, donde trabajaron mis padres.
¡Qué tristeza! ¡Lo recuerdo!
¡También, allí me casé y nacieron mis tres hijos!
¡Todos aquellos días, me sabían a domingo!
Ya el tiempo se agotaba y tenía que regresar…

Pero recordé mi playa que tenía que visitar.
¡Allí, frente al mar, conté mil estrellas!

Porque esperé la noche…
Salió la luna de pronto y después me saludó,
la lluvia también cayó y me dio un abrazo muy fuerte.
Entre el Sol, el aire, la Tierra, mi palma, la Luna,
la lluvia, el mar y las estrellas, me despedí con todo mi amor.

Porque yo, lo que quería saber, cómo eran que vivían ellas.
¡Y no tenían dolor!!!

"Bueno esta es mi historia, que les acabo de contar, ya me
tengo que despedir,
Y si nadie me aplaude, yo misma me voy a aplaudir."

Cuento:

DE UN GALLO Y UNA GALLINA

"DOÑA AMOR Y DON CORAZÓN"

I

¡Vendemos huevos! Pero a nuestros hijos… ¡No!
Fantasía: Una historia, un cuento… ¡Sí, para niños y adultos!
Con sentimiento, basado en una realidad, pero no deja de ser un
"cuento". Vendemos huevos, pero a nuestros hijos… ¡No!

Había una vez, en una granja de pollos,
un gallo y una gallina habían crecido juntos…
¡Claro, que ya se conocían! Los dos estaban conversando
mientras comían y crecían.

Tenían allí, de todo: Un techo con agua, luz y comida,
pero ellos… se daban cuenta para qué vivían.
El gallo, era todo un señor, además, muy inteligente.
Ella, una hermosa dama que deslumbraba hasta la gente…

El gallo que se daba cuenta, de lo que estaba ocurriendo,
un día le propuso escapar de allí.
Ella lo miró, no encontró que fuera correcto.
Pero él, que sabía el secreto,
la convenció y le propuso matrimonio.

Esperaron que cayera la noche, y todo estuviera en silencio,
se dieron las manos y corrieron. ¡Al fin, pudieron escaparse!
La noche y el camino, se les hicieron largo, pero no se rindieron.

¡Sólo estaban planeando!

La luna se apareció… el lucero y tres estrellas,
sorprendidos al conocerla, cantaron en alta voz.
La luna, conmovida al verlos, decidió casarlos.
Fueron testigos; el lucero y las estrellas,
y los llamaron: "Doña Amor y Don corazón."
Vendemos huevos, pero a nuestros hijos… ¡No!
Siguieron caminado contentos… ¡Ya, eran marido y mujer!
Don Corazón miro a los lejos, y vio una tierra abandonada…
Tenía algunos árboles, matas de maíz y un río que la atravesaba.
El gallo Don Corazón, que era el más interesado,
subió, buscando en un árbol donde poder descansar.
Doña Amor, miró asombrada, nunca había volado.
Él la llamó… ¡Y subió…!!! Parecía que se habían enamorado…
Llegó por fin, la mañana… y conocieron al sol. ¡Qué asombro para los dos!
¡Y él, cantó fuertemente…debajo de aquellas plantas!...
Caminaron, para ver que encontraban… y descubrieron matas de maíz.
En la tierra había comida, y en el río encontraron donde beber.
Ella, empezó a cacarear… ¡Iba a poner su primer huevo!
Don Corazón corrió y… encontró un sombrero. Le hizo su primer nido.
Nacieron más de diez pollos y todos los días, los paseaban orgullosos.
Don Corazón, con su nueva familia y su esposa, todo el tiempo hablaba.
Don Corazón, lo tenía planeado todo. Sabía, lo que iba a hacer….
Poner un negocio de huevos, pero a sus hijos… no los iba a vender.
Vendemos huevos, pero a nuestros hijos. ¡No!
Los pollos empezaron a crecer, y el papá los iba educando.
Separaban los huevos que iban a nacer, y los otros eran para venderlos.

Tuvieron muchos hijos, y huevos para la venta.

-Los varones, tenían que encargarse de cultivar el maíz, hacer gallinero,

limpiar todo el campo y recoger los huevos.

-Las hembras, tenían que producir y aprendieron muchas labores.

La madre, Doña Amor, les enseñaba a hacer polvo de los cascarones.

El negocio siguió creciendo. Y pasaron varias generaciones...

Muy felices con sus nietos, vivían Doña Amor y Don corazón.

Ya, cansado de luchar, un día le dijo a su mujer:

Tenemos que tener cuidado, presiento que nos van a coger.

La tecnología llegó y encontraron muchas huellas,

la gente los estaba buscando, y ellos ya tenían hasta presidente.

El comentario llegaba, los iban a encerrar a todos.

Doña Amor estaba llorando, a su familia, la querían matar.

Don Corazón, dijo gritando, que no permitiría que se fueran a acercar.

Su familia, estaba preparada y dispuesta para empezar a pelear.

II

Siguieron con mucho cuidado con la venta de los huevos, a los pollos los empezaron a esconder para que no se los encontraran. Pasaron los meses y todo parecía tranquilo.

Don Corazón, preocupado, al tanto de sus pollos escondidos, Doña Amor, se hacía la que estaba sufriendo, disimulando delante de todos sus hijos; no dejaba cacarear a las hembras cuando dejaban su huevo en los nidos.

Seguían pasando los días, hasta que un día tocaron a su puerta; era el responsable de la granja, buscando donde se encontraba la venta de los huevos. Don Corazón respondió. Cantó, y sacudió sus plumas y preguntó con fuerte voz: Dígame, cuantos huevos necesitas. El señor responsable sacó una pluma de su bolsillo, escribió, le dio una cita y le dijo: Por favor, no vayas a faltar; es necesario hablar como si fuéramos socios y amigos.

Llegó el día de la cita y doña Amor lo acompañó. Le alcanzó el bastón para su pata que estaba malita. Allí se pusieron de acuerdo y quedaron satisfechos. ¡Claro que le mintieron! Ya no vendían huevos… empezaron a negociar… y seguían con sus pollos escondidos… tenían que mandar a callar a los más chicos, por tanto "pio, pio".

La policía, ya enterada, se pusieron a observar cómo pasaban fronteras, según ellos, nadie los iba a denunciar… ¡Alto ahí! Soy capitán y ustedes nos están engañando, ni uno solo va a quedar para seguir jugando conmigo. Recogieron a todos los pollos y botaron los huevos.

Y sólo se quedaron Doña Amor y Don Corazón en un solo gallinero. ¡Qué tristeza, qué injusticia… eran todos sus hijos que tan educados estaban, sabían trabajar y a sus hermanos los cuidaban!

Pasaban las noches, sólo llorando… a veces cantaban, para ver si sus hijos escuchaban donde se quedaron ellos.

Una mañana sintieron un "pio, pio" bajito… eran seis pollitos que escaparon del otro gallinero; pudieron romper la puerta de donde los habían encerrado. Se abrazaron, se besaron, y la madre se agachó y los escondió; les daba de comer de su pico. Pudieron irse lejos y con el mismo sombrero. Don Corazón lo guardó y dijo en voz alta: ¡Vamos hijos…

¡Y siguieron vendiendo huevos!

LA LUNA LO SABE TODO

Canción

Si tú quieres saber de mí
pregúntaselo a la luna,
ella sabe lo que hago
cuando yo voy a dormir.

Yo no tengo nada que decir
porque todo me lo guardo,
son secretos que se esconden
para mí son muy sagrados.

Sí, se puede recordar,
como también olvidar.
La vida es como un juego,
yo no quiero jugar más.

La luna sabe mis secretos
pero estoy segura, muy segura que…
no los va a divulgar.

JOSÉ CABALLERO BLANCO

Reside en los Estados Unidos. Obtuvo dos menciones en los concursos Lincoln–Martí de poesía «2009 y 2010».
Mención de Honor, Primer Concurso Latinoamericano Virtual de Poesía de la Editorial D'har Services «2011».

Asiste al "Club de Literatura" de Francisca Argüelles, ha participado en las antologías: Un Horizonte Literario año 2010.
Navegante De Palabras año 2012.
El Espacio Infinito Del Cuento año 2014.
Unidos por la Pluma y el Talento, 2018
La Mentira y la Esperanza, 2018
Publicados por D'har Services Editorial Arte en Diseño Global.

Y colaboró en el año 2015 con la señora Priscila De la Cruz, en su libro: Cerca muy cerca, un homenaje a los niños de Fundación, Magdalena, Colombia. Editado por D´har Services, Editorial Arte en Diseño Global.

También en el 2015, forma parte del libro "Si te contara…" editado por Publicaciones Entre Líneas, de Pedro Pablo Pérez Santiesteban.

Participó en la revista Mujer, con cuentos cortos, artículos y poemas.

Libros Publicados :

APRENDIZ DE POETA.
UMAP. Una Muerte a Plazos. «Sus memorias de los campos de trabajos forzados, en su natal Cuba» Publicado por D'har Services Editorial Arte en Diseño Global.
PRECIOSA donde el autor plasma su amor por los animales y narra la vida de Preciosa. Publicado por D'har Services Editorial Arte en Diseño Global
Persiguiendo Mariposas Publicado por D'har Services Editorial Arte en Diseño Global

Tratando de vivir del cuento: cuentos y relatos, con D'har Services Editorial Arte en Diseño Global.
Los cuales se encuentran en www.amazon.com

Desde joven los poemas han sido su refugio en situaciones difíciles de su vida.

Él manifiesta "Escribir es mi terapia", haciendo versos es como aprovecha la extensión de su licencia para vivir otorgada por Dios.

Es miembro del "Club de Literatura" de Francisca Arguelles, donde participó en las antologías del grupo:

TRAVESÍA DEL ÚLTIMO VIAJE

Perdona que no pudiera quemar todas mis naves,
que cortaran el nexo que me une al otro puerto,
pero sabes por experiencia como somos las aves
que buscan sobre el mar, algún destino incierto.

Amainó el ímpetu del viento que llenaba las velas,
el escaramujo hizo estragos en el fondo del navío,
y el natural desgaste que hace ripios fuertes telas
acabó el empuje de vencer la mar y beber en el río.

Fui marinero de altura, nunca lo fui de cabotaje,
ya cansada mi vista, agotados los bríos para navegar,
hacen recale en segura rada huyéndole al oleaje
por no tener las fuerzas para enfrentarme a la mar.

Fuiste luz de faro que iluminaste la oscura noche
del náufrago aferrado a ti, cual a roca salvadora,
el tiempo nos ganó, su victoria fue el final broche
de un amor que se escapa al despertar de la aurora.

Si un día recuerdas el viaje que juntos emprendimos
piensa que al enfrentar océanos el mar nos arrulló,
a la luz de la luna llena, cuando mucho nos quisimos
con besos sin distancias, aquellos que recuerdo yo.

CREO

En la plena libertad que añora el preso
el milagro de amor que entrega el alma,
que después de la tormenta viene calma
en la mágica ilusión que nos da un beso.

Que la vida no termina con la muerte
el derecho a nacer que tiene un niño,
que pasión no es lo mismo que cariño
que el trabajo da frutos, no la suerte.

En un Dios que nunca me ha fallado,
en el verso que describe su belleza,
en el poder eterno y su grandeza
que camina siempre a mi costado.

En el sentimiento que rompe la barrera,
en motivación que derrota lo imposible,
en la palabra sin hablar, que es audible,
en promesa que en el tiempo nos espera.

En un camino que nunca he transitado,
en esa senda que el mundo desconoce
de tener un cielo de alegría y pleno goce,
en el lugar que Jesús me tiene preparado.

VEJEZ

Es un regalo precioso, la vida
que nos llega sin nadie merecerlo,
terrible si llegamos a perderlo
descuidando la atención debida.
Este es el tesoro de enorme valor
que el joven casi siempre malgasta,
cuando nuestra edad nos dice basta
y descubrimos bien tarde este error.
Sentir que la salud nos abandona,
notar que envejecen los reflejos,
perdiendo lo que queda de memoria
los años, como juez que no perdona,
muestran con tristeza en los espejos
aquello que ya hoy, sólo es historia.

NO QUIERO

No quiero de fino mármol panteón
ni lápida que elogie mi pasado,
ni despedida a mi entierro colofón
pues eso está en desuso y anticuado.
No quiero funerales, ni velorio
que reúna a un grupo de lloronas,
protestando el asistir obligatorio
evitando el qué dirán, de otras personas.
No quiero olorosas coronas de flores
normalmente se pudren al día siguiente,
si después de un tiempo sin dolores
me convertiré en cadáver pestilente.
No quiero que solitario me sepulten
en tumba que epitafie mi nobleza.
Soy orgulloso, por favor no me culpen,
¡Ni muerto, nadie me pisa la cabeza!
Quiero ser quemado, hecho cenizas
que esparcidas al aire vuelen libres,
convertido en recuerdos y sonrisas
oirás un eco, el de mis gastados versos.
El poeta nunca muere, si alguien no lo olvida,
y lluvia de poemas, desde lugares diversos
regará los recuerdos, como regalo a tu vida.

VERDE

Me gusta cobijarme a la sombra de los árboles
como ayer lo hacía al amparo de un romance,
delicia del reposo entre tibios abrazos,
manos extendidas como ramas de primavera.
El aire revolviendo mi pelo, color trigo maduro
y tú, con tus ojos tan intensamente verdes,
alegres, cual hierba salpicada del rocío.
Añoro la fragancia de esa piel sudada,
oliendo a corteza arrancada del tierno pino.
Por eso al andar hoy por el fértil campo,
brotó en mi memoria, un surco abierto
que llené de simiente, una tarde especial.
Y en las raíces perennes que entrelazan
el inolvidable recuerdo que dejó tu amor.

MURALLAS NÁUFRAGAS

En naufragio de ladrillo,
concreto y madera astillada,
mi Habana perdió su brillo
y triste sufre callada.

Ella, la nunca olvidada
la novia siempre querida,
aquella que quedó grabada
en este andar por la vida.

Tormenta que la ha golpeado
con vendavales de horror,
desde su sentir cansado
vista de un viejo esplendor.

Hasta ese resto gastado
de murallas sin color,
el tiempo no ha borrado
vestigios de mi viejo amor.

Las calles, sus adoquines,
mi bella Habana colonial,
extraña los viejos quitrines
con su rodar señorial.

Vi en el cielo una paloma
que me contó en su volar,
cuando a La Habana se asoma
le dan ganas de llorar.

Mi Habana grita y su grito
se perdió por sobre el mar,
en el espacio infinito
do nadie quiso escuchar.

VIAJE

Como soy de un pueblo marinero
opino que como ríos son las gentes,
corriendo hacia el mar por el estero
vertiendo sentimientos a torrentes.

Por eso es que en la costa sentado
miro el sol que muere en cada tarde,
venciendo con su color casi apagado
al mar azul, que con su ocaso arde.

Cuántas cosas se escriben en las arenas
estando solitarios a la orilla del mar,
cosas que cuentan de alegrías y penas,
cosas que el agua nunca podrá borrar.

Las letras marcadas, las olas disuelven
cuando el agua en la playa ocupa su nivel,
los pensamientos retornan, siempre vuelven
como retorna al puerto, un vetusto bajel.

Como la marea en su ciclo, se retira o avanza
nuestra vida también de esa forma se refleja,
unas veces en baja, otras veces en alza.
Así, día tras día, hasta ponerse vieja.

Y al recoger las velas en ese final viaje
cuando la vida acabe y digan que estoy muerto,
seguro estoy, que alguien ya pagó mi pasaje
y estaré con mi Señor en un seguro puerto.

Si supieras que emprendí mi inevitable partida
porque alguien te lo diga o escuches el rumor,
como ese mar que lleva en su interior la vida
tú, llevarás por siempre en el pecho, mi amor.

ENTONCES

En esos días, cuando todo sale mal,
piensas que tienes dos manos zurdas
haciéndolo todo imperfecto.
Oscuras nubes ensombrecen el horizonte
cuando enorme temporal nos cobija
alumbrándonos rayos de tempestad,
las penas rebasan el morral que cargamos,
flaquea nuestra fuerza con el rigor de su peso.
El enojo sobrepasa al discernir
y desbordan amargos ríos de bilis,
negros cuervos anidan en nuestra mente,
incubando prole de resentimiento y odio.
El amor es visitante furtivo
que siembra lacerantes espinas,
cosechando frutos de amargura
la esperanza es lejano espejismo.
Oasis imaginario, desolado desierto,
el cual se teme cruzar.
Todo cambia al doblar rodillas
clamando por ayuda,
fresca brisa golpea el rostro,
ondean banderas de aliento.
Sol fulgurante disipa las tinieblas,
retoñan los secos arbustos
y flores muestran su belleza,
dando motivación a ser y estar.
¡Entonces, sólo entonces,
reconocemos que Dios está en control!

EL CID CABALGA DE NUEVO

Don Santiago Blanco había venido a los Estados Unidos, siguiendo el viejo lema de los españoles que lo habían precedido cuando dejaron el terruño, y se asentaron en este otro lado del océano Atlántico. "A hacer la América". Trabajando como un esclavo, turno regular, tiempos extras y no teniendo fines de semana libres, logró levantar un capital que invirtió en un mercado pequeño, ubicado en el barrio de Liberty City de Miami, al cual le puso el nombre de "La Reconquista."

Era una zona calificada como área Negra por la densidad de ciudadanos de esa raza que residían en esa barriada. Mucha gente le advirtió que se había metido en un lugar "caliente". Pero poco caso le hizo a estos avisos, contestando y mostrando lo tozudos de carácter con que se caracterizan por ser los Asturianos, decía: He tratado con los Moros de Ceuta y Melilla y no me asustan algunos más quemaditos. Además, Asturias derrotó a los Moros en la batalla de Covadonga. Extremadamente orgulloso de su extirpe como todos los astures, nuestro amigo alardeaba del innegable hecho histórico, "que la reconquista de los Moros había comenzado por Asturias."

Su rey Pelayo, y la reina Urraca después, no dejaron que el reino cayera en manos del Islam, deteniendo su avance en los "Castros", –castillos enclavados en los pasos montañosos de esa región de España–. Logrando esa hazaña gracias a los potentes brazos y el valor de los aguerridos montañeses de raíces Celta y Visigoda. Su mercado estaba bien surtido y aunque pequeño, trataba de dar buenos precios a sus marchantes. Había contratado dos empleados de la barriada, ambos afroamericanos. Pero él estaba allí, desde que abría las puertas hasta que cerraba, y ponía las alarmas y candados.

No tuvo que esperar mucho para comprobar que los avisos no eran vanas palabras. Al mes de estar operando su mercado, aparecieron tres individuos en la puerta del establecimiento quienes, pistola en mano y pasamontañas cubriéndoles las caras, redujeron a Don Santiago, sus dos empleados y a los pocos clientes que en ese momento estaban comprando mercancías. Rápidamente, como una operación comando, vaciaron las cajas registradoras y desaparecieron tan veloces, conforme habían llegado.

Las manos de los asaltantes delataban su raza, y en el mismo momento que escapaban se escuchó la potente voz del asturiano decir en un lenguaje no muy convencional, ni como se dice hoy en día "correctamente político": ¡Me cago en la Hostia, negros de mierda!
No era tipo de amedrentarse nuestro querido amigo, y ni corto ni perezoso sacó un permiso para portar armas, se compró una pistola calibre 45 marca Colt, que desde ese momento llevó al cinto, y una escopeta de dos cañones calibre doce; dispuesto a defender caro el sudor de su esfuerzo, la cual colocó bajo del mostrador.

No habían pasado seis semanas cuando volvió a recibir a otros visitantes no deseados. Esta vez, el recibimiento fue con fuegos artificiales; Don Santiago, echando mano de su "trabuco", descargó los dos cartuchos contra otros tres individuos, quienes pistolas en manos bloqueaban la puerta que daba entrada a su establecimiento; rociándolos con una lluvia de perdigones que los hizo retroceder por donde habían venido, y llevándose con ellos los fragmentos de vidrios que habían desaparecido junto con los asaltantes, dejando un enorme boquete donde había existido una puerta doble de cristales.

A partir de ese día, el mercado se vio limpio de fumadores y expendedores de crack y mariguana que merodeaban recostados a las paredes del establecimiento.
Gracias a entrevistas que le hizo la prensa y los canales de televisión, tanto en español como en inglés, muchos conocieron

la oportunidad de adquirir jamón pata negra, vinos ibéricos, sidra asturiana y queso manchego en esta parte de la ciudad, dándole un impulso a las ventas entre los cubanos y boricuas que vivían en áreas vecinas. Nunca se imaginó el flamante dueño, que lo invertido en esas armas, su actitud y el costo de la reparación de la puerta de entrada, lo catapultara a convertirse en un conocido empresario.

Por estos andares estaba nuestro amigo, cuando ocurrió el ataque a las torres gemelas de New York el 9 de septiembre del 2001. Cargado de indignación, colocó en su establecimiento ocupando toda la vidriera, una bandera Americana con un crespón negro y un letrero en los tres idiomas de la comunidad, (Inglés, español y creole) diciendo: Dios bendiga a América. También mandó a colocar otro letrero en la parte de atrás, donde estaban los refrigeradores de las carnes, que decía en letras grandes "CON PELAYO Y SU CABALLO, A LOS MOROS QUE LOS PARTA UN RAYO. (Porque la mayoría de los españoles, a todos los árabes o islámicos los catalogan de Moros).

Debido a la molestia que causaba ese mensaje entre los vecinos musulmanes que vivían en la proximidad del mercado, concurrieron al ayuntamiento para elevar su protesta. Dos miembros de la junta municipal encargados de las relaciones comunitarias visitaron a Don Santiago Blanco, llevándole la queja y pidiéndole en nombre de las buenas relaciones entre las distintas comunidades que formaban la vecindad, retirar el letrero.

Escuchar esas palabras y levantarse de su asiento, cual si le pusieran un cohete en donde la espalda pierde el nombre, fueron una sola acción.
–¿Quiénes mataron a esos infelices de las torres? Fue su pregunta.
–Terroristas Islámicos, contestó dubitativo uno de los enviados.
–¿Quién es el dueño de esta bodega, yo, verdad?

Los dos funcionarios asintieron con sus cabezas, no sabiendo el rumbo por donde Santiago quería encausar la conversación, pero intuyendo una negativa a su proposición.

—¡Entonces, me los ponen en la cesta de vigía del palo mayor de la calavera, del mismísimo almirante Don Cristóbal Colón!

Al ver la cara de duda de los funcionarios, por no entender lo que les quería decir, se lo hizo saber en claro castellano.

— ¡Que se vayan al carajo todos ellos y si ustedes los quieren acompañar en el viajecito, yo no tengo ningún inconveniente! Y se los digo en Ingles, castellano y hasta en bable si es preciso.

Conforme era de tozudo y rudo este hombre, tenía un corazón bondadoso que no le cabía en el pecho, demostrado cuando muchos vecinos que usaban bonos de alimentos se quedaban cortos al hacer sus compras, nunca dejaron de llevarse su mercancía, al condonarles Don Santiago el resto de su factura.

Conforme La Reconquista progresaba, así crecía el rechazo de los sectores más intransigentes y extremistas de sus vecinos musulmanes, quienes veían como un reto, el humilde mercado en un barrio que ellos consideraban, les pertenecía.

No faltaron "grafitis" en las paredes portadores de amenazas y groserías; las que con paciencia casi todas las mañanas Don Santiago y sus empleados volvían a pintar.

Una noche, de amenazas pasaron a la acción, y desde un carro en marcha, (Los desconocidos de siempre), lanzaron un coctel Molotov, fallando en su intento de incendiar el mercado.

La actitud inteligente hubiese sido vender el negocio y establecerse en otra barriada, preferiblemente de latinos; aprovechando la fama que los medios informativos ávidos de noticias espectaculares, le habían dado al caso. Pero eso no podía ser concebido por la mente del peninsular.

La mezquita cercana recibió una visita no esperada. Don Santiago, quitándose los zapatos y con una boina colocada de medio lado en la cabeza, se paró en la puerta, solicitando hablar con el Imán principal de ese centro de adoración. Cuando algunos de los fieles, los cuales no salían de su asombro ante la audacia de este hombre, quisieron negarle la entrada, el mismo Imán presentándose en el lugar contuvo sus gestos amenazantes y haciéndole señas, le indicó a nuestro amigo el camino de su oficina, donde lo invitó a sentarse y conversar.

– Voy a ser claro y no andar con rodeos. Yo no voy a mover mi negocio de esta barriada, declaró nuestro amigo. Si quieren matarme, aquí estoy. Pero, si aparezco muerto o mi tienda quemada; ya sea por ustedes o por cualquier otra persona, la prensa y los noticieros se encargarán de atizar más odio en contra de su religión y me parece que como está el ambiente después del 9/11, no les conviene buscarle cinco patas al gato.
El dirigente religioso no dejó de sorprenderse ante el planteamiento tan bien expuesto y directamente explicado. El valor habla un lenguaje fácilmente entendido en todos los idiomas. Se puede odiar a un enemigo, pero no se deja de admirar su valentía.
OB ALA. (Así lo quiera Dios) que a su negocio no le suceda nada. –Dijo el Imán, y extendiendo la mano a Don Santiago sellaron un pacto donde sobraron las palabras.
Como el Cid Campeador, quién aún después de muerto ganó la batalla de Valencia, Don Santiago se marchó del lugar con paso firme, y con su orgullo flameando en el lugar más alto de los Picos de Europa.

Quienes pasan hoy por el North West de Miami, se sorprenderán al ver un mercado con un gran letrero en español frente al cual día y noche están sentados varios vecinos, (Fácilmente reconocidos como islámicos, por los gorros característicos), a los cuales el dueño del establecimiento les hace llegar refrescos con sus empleados, cuando el sol los castiga con sus fuertes rayos, o té en las noches frías.
El letrero pintado en amarillo tiene dos franjas rojas, una arriba y la otra abajo y del mismo color, como queriéndose salir del marco, las letras que lo identifican. "LA RECONQUISTA ".

CUENTO

Llegó un perro "sato" cubano a las playas de la Florida, viajando en una tabla desde la isla.

Después de calmar su sed y recuperar aliento, los canales de radio y televisión quisieron saber su historia.

—¿Cómo Ud. se llama? Preguntó el entrevistador.

—Mi nombre es Tribilín, respondió el can.

—¿Por qué se fue de Cuba?, ¿por hambre?

—No, yo comía alguna lagartija, algo de "sobras", (aunque nunca era mucha), o siempre rasguñaba algún hueso que roer. No fue por hambre.

—¿Por falta de ropa o abrigo?

—No, tampoco. Puede ver que el pelo me basta como vestido y siempre logré guarecerme de los elementos en alguna alcantarilla.

—¿Era opositor? ¿Sufrió represión por parte del Régimen?

—Para decir verdad, a mí me hacían el caso del perro y me dejaban tranquilo, echado bajo alguna sombra.

—Entonces, si no fue por hambre, por falta de vestido u otros motivos. ¿Por qué escapó de Cuba?

— Muy fácil se lo explico: La censura.

—Quería simplemente LADRAR y no me dejaban.

SANTIAGO ARTURO CÁRDENAS

Nació el 20 de Junio 1940 en Santa Clara, Cuba.

Escritor (anónimo). Vida Cristiana, La Habana, Cuba.

Publicó en Mensuario Juvenil, (1954–1956) en Santa Clara, Cuba.
Editor de: Ecos del Sínodo. Vicaría. Cerro, Vedado, La Habana, Cuba.

Preso por realizar publicación clandestina: Pueblo de Dios. (1985 –1986), Cerro, La Habana, Cuba.

Página Semanal de Salud. Semanarios: ¡Exito! y Viva Semanal. (1995 –1998), Miami, Fla.

Opúsculos: Los Tres últimos Años en la Vida de Zenea, (1995), John Locke y su obra. (1998), y El Padre José Wandor que Conocí. Miami.

Libros: Nicea 325, (año 2000) y Payá: El Chivo, El Hombre, El Profeta. (2018), Miami, Fl.

Actualmente escribe la Carta Semanal, desde 2019. órgano de la Unión 4 de los Caballeros Católicos.

El Dr. Cárdenas, casado, con dos hijos, hembra y varón.

Arribó a EEUU como refugiado político en 1992.

EL CUCALAMBÉ

Por la orilla floreciente
que baña el río de Yara,
donde dulce, fresca y clara,
se desliza la corriente.
Donde brilla el sol ardiente
de nuestra abrazada zona,
un cielo hermoso corona
la selva, el monte y el prado;
iba un guajiro montado
sobre una yegua trotona.

El Cucalambé (Cook Calambé: Cook: Cocinero, del inglés, Calambé: de pampanilla: Enagua vistosa o taparrabo: Del idioma indígena). Así se autonombró este hijo de las Tunas, Oriente. Resulta el anagrama perfecto para, "A Cuba clamé". Ésta es la versión más aceptada acerca del seudónimo de Juan Cristóbal, entre otras varias que aparecen en el antológico y nunca superado libro de 1938, del Capitán Nemo. (Ver más adelante).

La prematura muerte de Juan Cristóbal Nápoles y Fajardo, a los treinta y dos años de edad; que conmovió a Cuba en 1862, ha sido unos de los grandes misterios nunca resueltos, de nuestra historia. Su cadáver nunca apareció.

Su hermano, sus dos hijos y su esposa, Isabel Rufina* Rodríguez, "su musa", y varios amigos, peinaron el monte en los alrededores de Santiago de Cuba; donde la familia se había asentado, viajando desde Las Tunas por causas poco definidas, aproximadamente, dos años antes. Todo fue en vano.

* A RUFINA

(Desde un ingenio)

De noche, cuando me acuesto,
me embeleso y, ¡ay de mí!
Me pongo a pensar en ti,
de mi cansancio repuesto.
Nada encuentro aquí molesto,
todo me alegra y agrada,
oigo la bulla animada
de los duchos carreteros,
las voces de los paileros
y el rumor de la negrada.
En "Rumores del Hórmigo",
hay otras cuatro décimas
dedicadas a su esposa

SU MISTERIOSA MUERTE

La hipótesis más aceptada, es la del suicidio. Esto conllevó a la "aparición" o avistamiento del poeta durante varios años, en diferentes circunstancias, en New York, París, y en otras grandes capitales del Mundo.

No me satisface esta simple explicación, por varias razones. No hay evidencia de que hubiera padecido de depresión o de cambios en su carácter, más bien, sus poesías y escritos son optimistas. El suicidio no era frecuente en Cuba a mediados del siglo XIX y su formación católica era muy sólida.

Pienso, que tal vez los españoles y sus incipientes pero brutales métodos represivos, estuvieron implicados; dado la gallardía y la cubanía del vate, y los epítetos violentos con que sus enemigos, los españoles, lo calificaban: "Indio escondido, salcochador de yerbas, o cimarrón."

Señala el periodista José Muñiz Vergara, en su edición de Rumores del Hórmigo, (1938): "Inició su labor poética con motivo de la conspiración de 1848, y se comprometió con la de Joaquín de Agüero en 1851. Coadyudó a ésa, y otras conspiraciones posteriores con décimas y proclamas que enardecían al pueblo."

LA EDUCACIÓN DE UN GENIO

Juan Cristóbal fue instruido desde pequeño por un sacerdote, su abuelo materno: Don Rafael Fajardo, que a la muerte de su esposa, Doña Micaela de Góngora, abrazó el sacerdocio y fue un párroco muy querido en Las Tunas.

El padre Rafael, le hizo traducir a Homero, Horacio y a Virgilio, junto al Teócrito de algunas traducciones francesas. También lo instruyó a recitar a Garcilaso de la Vega, y a lo mejor de la bucólica cubana de la época: Zequeira y Rubalcaba. Más adelante, él quiso para su bucólica, más intensidad campesina en el sujeto y en el ambiente. Por ejemplo, veamos:

LAS MONTERÍAS

Soy labrador y hacendado
en estas tierras cubanas,
sé correr en las sabanas,
sé manejar el arado.
Soy un montero acabado
tras los puercos cimarrones,
tengo un par de navajones
que ni con piedra se mellan,
y breves perros que huellan
los más ocultos rincones.

A su educación, contribuyeron sus padres: Manuel Agustín Nápoles y Antonia María Fajardo, ricos terratenientes que poseían un ingenio en las cercanías de Tunas llamado el Cornito. [Actualmente: Un motel del mismo nombre y lugar].
Juan Cristóbal nació el 1 de julio de 1829; y hasta los 29 años de edad compartió su vida entre el central azucarero de la familia y la sacristía de su abuelo.
Nápoles Fajardo publicó sus primeras décimas guajiras en 1845 , a los dieciséis años, en el periódico El Fanal, de Santa María de Puerto Príncipe, Camagüey, que era la ciudad más populosa y culta del territorio, ya que no había provincias definidas, como la entendemos ahora. Luego, colaboró con La Piragua, órgano de un grupo siboneyista** (los siboneyes eran la población indígena más populosa a la llegada de Colón).

HATUEY Y GUARINA

Con un cocuyo en la mano,
y un gran tabaco en la boca,
un indio desde una roca
miraba el cielo cubano.
** Un fuerte movimiento de la poesía cubana del siglo XVIII,
que resalta la cultura de nuestros primeros aborígenes que tuvo
su ápex con la publicación de Cantos del Siboney en 1855, por
José Fornaris, bayamés contemporáneo del Cucalambé. Ellos
intercambiaron décimas de elogio mutuo.

EL CAPITÁN NEMO

Éste es el seudónimo periodístico del Capitán José Muñiz Vergara, veterano de nuestras guerras de independencia, cultor de las buenas letras, lector insaciable que en 1938 publicó en La Habana una edición de las poesías de Nápoles Fajardo, bajo su mismo título original de "Rumores del Hórmigo" (1856). Éste era un riachuelo, límpido, posiblemente un afluente del Yara o del Cauto, que el poeta conoció y que posiblemente se secó.

Un año antes de su obra cumbre, en 1855, –El Cucalambé comenzó a recopilar sus poesías; líricas, dicharachos, décimas, etc., pero principalmente sus producciones bucólicas, y con ellas formó un volumen sin aprecio alguno por parte de sus editores. Ese tomo, fue lo único que llegó a manos del Capitán Nemo, que se las arregló ochenta y dos años después, para reconstruir esta magistral e irrepetible obra del poeta. Cuba tiene una deuda cultural con el Capitán Muñiz Vergara.

"Rumores del Hórmigo" o "El Cucalambé" ha sido el más popular y leído libro de versos cubanos de todas las épocas. En la isla de Cuba, como en los exilios, toda familia cubana tenía un ejemplar de "Los Rumores", tal como se tenía una Biblia, y los ejemplares se agotaban rápidamente. Solamente un testimonio: "Las poesías" del Cucalambé, fueron el vademécum de mi niñez… Fueron "Los Rumores del Hórmigo", el primer libro de versos que se me hizo familiar.

–Enrique José Varona, el cultísimo sabio y ejemplar hijo del Camagüey.

LA DÉCIMA ESPINELA

Ha sido y es la expresión cultural del campesino cubano.

Aunque el Cucalambé escribió en todo género literario, incluyendo una obra teatral de cuatro actos, en versos ("Consecuencia de una falta",1859), fueron los diez renglones de versos octosílabos: La décima culta, [Rima abbaaccddc] y en el repentismo, donde más se destacó.

La décima dio un gigantesco salto desde la Península,–España y Portugal–, a la isla de Cuba, de tres siglos; cuando sucedió el nacimiento de Juan de Mal Lara en 1527, hasta el de Juan Cristóbal, en 1829.

El primer Juan tuvo mala suerte, porque hubo otro poeta, Vicente Espinel Gómez y Adorno, nacido poco después, en 1550, el que sin proponérselo, le robó la gloria, al popularizar la décima, que desde entonces se llama Espinela, por su apellido.

El segundo Juan: –Juan Cristóbal–, fue más afortunado y aún hoy es, en los recuerdos, el niño mimado de los tuneros y de la Academia Poética Cubana.

Se ha reconocido por su cantar y cuidado a la naturaleza. Sin dudas, el primer ecologista cubano. [Título del autor] Ver:

Ríos: Cauto, Hórmigo, Yara, Jobabo, Yara–yabo.

Yerbas y árboles: Macíos, Cayajabo, Selvey, Sabicú, Guajacoa, Curujeyes, etc.

La fauna: Sijú, cucuba, tojosa, jutía, pitirre, guabairo, caguama, caguayo, iguana, jején, etc.

También en las palabras aborígenes: Caisimú, batey, burenes, caracol, ajey, semí, Maniabón, etc.

En su edición de 1938, el capitán Nemo, solamente en sus décimas, recoge 170 neologismos, cubanismos, palabras indígenas y gran parte de la flora y la fauna de la isla del siglo XIX, lamentablemente ya desaparecidas.

Termino con una décima: "Gala de Cuba", donde se resume el patriotismo del Cucalambé.

Cuba, mi suelo querido,
que desde niño adoré,
siempre por ti suspiré
de dulce afecto rendido.
Por ti en el alma he sentido
gratísima inspiración,
disfruta mi corazón
por ti, dulcísimo encanto,
y hoy te bendigo y te canto
de mi ruda lira al son.

Dr. Santiago A. Cárdenas

Hialeah, FL. USA

El primer día de Julio del 2023.

LUZ MILENA DE LA ROSA

Mi nombre Luz Milena De La Rosa.
Soy colombiana.
Estudié Mecánica Dental.
Soy divorciada y tengo una hija.
Me considero una buscadora espiritual, creo que no hay que encasillarse. Hay que ir despertando para así encontrar la propia esencia y la misión en este plano.

EL NUEVO MUNDO

Esta historia se desarrolla en un planeta llamado ASKELLA, situado en el séptimo Universo en la constelación Sagitario. Allí habitan todos los seres que han subido su vibración y por ende su consciencia. En este planeta se pueden ver los seres de luz a simple vista e interactúan con todos, es algo muy normal. Es un paisaje surrealista, donde hasta los árboles y plantas cambian de color según su sentir. Por eso hay árboles de distintos colores y de un momento a otro cambian de color. El cielo es, entre rosado, azul y dorado… algo realmente bello. El agua es totalmente cristalina y pura, se siente y se respira armonía, paz y amor…

Miro hacia arriba y veo volando aves de muchos colores que entonan melodías hermosas. Especialmente, veo a un par de águilas volando armoniosamente como en una danza bella e imponente. De pronto me llama la atención un perrito jugando cerca de mí, con un gatico. Están persiguiendo a una mariposa de muchos colores; reían entre ellos porque estaban seguros que no le harían daño. El perrito le decía al gato: – Quiero volar como la mariposa.

En ese momento, de la nada, aparece un ser de luz sentado en una piedra, y le dice al perrito que si desea volar puede lograrlo, si se concentra en ese pensamiento con la seguridad de que eso pasará.
El perrito le dijo: –Enséñame, por favor, quiero saber más…
El ser de luz le dice: –Mañana hay una reunión en la playa, están invitados, nos van a dar buenas noticias…
De pronto una lechuza que estaba en un árbol y escuchó la conversación, dijo: –¿Puedo ir también? Es que quiero ver bien de día, pues veo borroso.
El ser de luz le respondió: –¡Claro que sí, pasen la voz, porque es un evento muy muy importante...! Luego, una vocecita muy pequeña dijo: –¿Puedo ir yo también? Quiero ser más grande… dijo la mariposa.
El ser de luz le aseguró: –Puedes lograr eso y mucho más, te esperamos mañana en la reunión.

Al otro lado del bosque, vi a una jirafa hermosa y elegante que iba caminando desprevenida. De pronto se encuentra frente a frente con un tigre de bengala muy simpático. Entonces la jirafa se asustó mucho e iba a empezar a correr cuando el tigre le dijo:
–No tengas miedo, soy un tigre bueno y no te voy a hacer daño. ¡Espera, escúchame no soy malo! ¡No tengo amigos por que los asusto, piensan que les voy a hacer daño y eso no es verdad…!

La jirafa no sabe si creerle o no, pero algo en su interior le dice que está diciendo la verdad y le da la oportunidad de acercarse. Caminan juntos y se sientan en un valle… Conversan un rato, comienzan a reírse de las ocurrencias de la jirafa cuando le dice que quiere tener las patas más cortas y un cuello más corto, porque cuando quiere tomar agua le cuesta trabajo, en cambio, por otro lado, puede comer las mejores frutas que están en lo alto de los árboles, eso es muy conveniente…
La jirafa le pregunta al tigre: –¿A ti, qué te gustaría cambiar?
El tigre responde: –Pues me gustaría tener los colmillos más cortos, porque cuando me rio, salen todos corriendo y me quedo solo. Me veo muy intimidante y eso me hace sentir triste, no quiero que sientan miedo. Además, mi voz es horrible, cuando voy a hablar siempre sale un GRRR… mi voz es muy fea, quiero hablar de una forma más suave.

En ese momento, un Ángel que estaba detrás de un arbusto escuchó la conversación y les dijo: –Los escuché por casualidad y quiero invitarlos mañana, a una reunión en la playa, nos van a dar una muy buena noticia que les va a cambiar la vida…
Muy emocionados, le dijeron al Ángel que irían sin falta.

La lechuza, muy preocupada, le dijo al Ángel que si la podía llevar al médico. Porque le preocupaba no poder llegar a la playa en la mañana, pues no podía ver bien, y no quería perder el evento.
Llegaron a donde estaba el médico y él le pregunta: –¿Qué te pasa, querida lechuza?
Ella responde: –Doctor, no veo casi nada de día…

El médico la examinó, le indicó unos lentes especiales y le dijo: –Precisamente tengo unos que te pueden servir…La lechuza no hallaba como agradecerle, estaba muy contenta porque podía ver perfecto…

Mientras tanto, las águilas seguían en su idilio, pero esta vez querían subir más y más arriba en el cielo, porque querían conocer a Dios. El Ángel les dice: –No se preocupen, esa no es la forma. Mañana hay una reunión en la playa muy importante en donde se les van a dar las buenas noticias, podrán resolver sus problemas. Emocionadas, se fueron a su nido porque ya iba a anochecer…

Al fin llegó el gran día y todos los seres de este planeta, se prepararon para la reunión importante… Iban llegando poco a poco, los seres de luz y los ángeles volaban por todas partes organizando todo…

Llegó la hora de la reunión. Y desde el cielo ven venir un ovni grande con muchas luces de colores brillantes, que formaban un hermoso arcoíris. Todos estaban un poco asustados por el viento que generaba esta nave, no sabían qué iba a suceder, pero confiaban en los ángeles cuando ellos pedían calma…El Ángel principal les dijo con una voz potente: –No teman, les traemos buenas noticias…
El ovni quedó suspendido en el aire sobre el agua del mar. De pronto se abrió una gran puerta y comenzó a aparecer una escalera de luz que bajaba hasta la playa. En ese momento sale de la nave, Jesucristo. Todos asombrados se inclinaron ante él…

Jesús les dice a todos: –"Los amo profundamente, vengo en nombre de nuestro Padre para traerles buenas noticias. El espíritu del Padre está en cada uno de ustedes, sólo piensen en el Padre y él los escuchará. Les dice que lo que ustedes quieran, él ya se los ha concedido. También dice, que se amen y se ayuden desinteresadamente, los unos a los otros".

Jesucristo siguió hablando: –Hoy no vengo solo, vengo con un representante muy especial, un ser de luz elegido, su nombre es

Grigori Grabovoi, él va a estar entre ustedes, les va a enseñar una nueva tecnología para tener vida eterna. Todos aplaudieron a Grigori Grabovoi, se abrazaban, estaban felices. Daban las gracias al Padre Creador.

De un momento a otro hubo un ruido muy fuerte, disonante, era un dragón... Todos gritaron de terror. Jesucristo dijo: –No teman. Alzó su brazo derecho y una gran llamarada consumió al dragón. Fue un momento de caos, no se sabía qué iba a pasar. Al mismo tiempo todo se tranquilizó, porque ya el peligro no existía.

Pasaron unos minutos, cuando de repente, de entre las cenizas salió un Ave Fénix hermoso, imponente, con unas alas bellísimas... y le hizo una venía a Jesucristo y a Grigori Grabovoi. Cuando volaba, les decía a todos que no tuvieran miedo, y cantó algo muy celestial, mientras el arcoíris lo acompañaba en su vuelo.

En ese momento Grigori Grabovoi escribió en el cielo, al lado derecho, la secuencia numérica 319817318 para que nunca se nos olvidara. Y del otro lado escribió otra secuencia, era la 8979489. Las dos son, para la Macro Salvación.

Y dijo: –Askella, siempre será un lugar donde reine la paz, la armonía y el amor...

NORY GALLARDO ARCIA

Mi historia comienza en Santos Suárez, Habana Cuba. El 10 de Diciembre del 1960, a las 5:45am. En una clínica llamada Acción Médica, le nace una niña a una joven llamada María Florencia Arcia de Gallardo, y desde ese momento su vida cambió.

MI VIDA, MIS RECUERDOS

"Memorias de una niña exiliada, ejemplo de vida, abnegación y empatía hacia el prójimo"

Mi historia comienza en Santos Suárez, Habana Cuba. El 10 de Diciembre del 1960, a las 5:45am. En una clínica llamada Acción Médica, le nace una niña a una joven llamada María Florencia Arcia de Gallardo, y desde ese momento su vida cambió.

Mi padre, Clemente René Gallardo, era Sargento de la Marina de Guerra cubana situado en un pueblito cercano a la ciudad, y por lo que me contó mi mamá, salió para la Habana lo antes posible pero no fue hasta el día siguiente, que al fin pudo conocer a su princesa.

Mi nombre es Nory , soy esa niña; la que le marcó la vida a sus padres, abuelos y tíos. Por ser la primera hija nacida a esta linda pareja, que por varios años trataron en vano de ser padres. A pesar de la alegría por mi llegada, mi familia estaba pasando una situación muy difícil, debido a la llegada del Comunismo a mi tierra natal, Cuba. La bella Isla que una vez llamaron La Perla Del Caribe, llevaba un año lidiando con cambios destructivos por parte de su gobierno y todas las provincias de Cuba comenzaban a luchar por su sobrevivencia. De más está decir que al año y medio de nacida, mi padre tuvo que escapar de la isla para salvar su vida. Él era militar, pero jamás iban a lograr que el cooperara con un gobierno corrupto y destructor. Por lo cual, él se fue una noche del país y amaneció en Cayo Hueso Florida. Donde encontró ayuda y Libertad.

Mi madre y yo, pasamos muchos percances junto a nuestros familiares, ya que el gobierno se desquitó con ella, lo de la salida a escondidas de mi padre. A pesar de todo, mi madre fue una mujer muy fuerte y ni por nada ni por nadie, ella jamás bajó su cabeza ni permitió la derrota. Con mucho esfuerzo y sacrificio mi padre logró salir adelante con su vida, y en cuanto tuvo la más mínima oportunidad nos reclamó, y logró sacarnos a mi madre y a mí, de Cuba. Septiembre del 1964 fue nuestra llegada a México D.F. Mi madre, con 29 años y yo con 3 años y medio, comenzamos nuestras aventuras en este lindo pero peligroso país. Lo primero que mi madre enfrentó al llegar, fueron los desmayos que sufrió la por la altura del país; y para colmo, los trabajadores de la embajada nos querían desviar para Jamaica en vez de permitirnos viajar a Miami Florida.

Sin dudas, los dos meses que pasamos ahí, fueron bastante fuerte. Para salir adelante mientras se solucionaba el asunto de los papeles de salida, mi mamá cosía ropas de damas y de niñas. Además, se ocupaba de cocinar para nosotras dos, y para otras tres personas que compartían la casa donde nos hospedamos. Dos semanas antes de mi cuarto cumpleaños, al fin logramos viajar para el Aeropuerto Internacional de Miami; y después de pasar por todos los trámites legales, llegó la reunión tan deseada por los tres. Aunque parezca raro fui yo la que reconoció a papi. Me acuerdo que mi mamá me decía que no, pero resultó que yo tenía razón. Mi papá había sufrido un accidente días antes de nuestra llegada y de verdad no se parecía a él. Estaba golpeado y adolorido, pero estaba ahí y nosotras estábamos con él, listas para comenzar nuestras vidas en Estados Unidos.

Nuestra aventura comienza en un pequeño apartamento en el área del SW de Miami. Tenía dos cuartos, un baño, cocina y la sala comedor. Después de ayudar a mi papá a reponerse de su accidente, mi mamá y yo, íbamos a un edificio llamado "La Torre de la Libertad" –los cubanos le llamaban "El Refugio"–, ya que ahí nos daban ayuda médica y nos ayudaban con asuntos de Residencia, al igual que permisos de trabajo. Yo recuerdo que en el piso más alto había una cafetería y a mí me encantaba subir, porque nos daban café con leche, pastelitos de guayaba y bocaditos. Aparte del Refugio, la única otra ayuda que recibíamos venía de parte de la "Iglesia Del Jesús", la que aún existe todavía en el área del Downtown de Miami. Las monjas y los sacerdotes nos regalaban ropas, zapatos y hasta juguetes para los niños, libros para colorear y libros de cuentos que mi mamá me leía. Ahí también nos daban almuerzo y alguna que otra cosa para nosotros cocinar en casa. A diario, mami y yo recorríamos el Downtown, hasta que ella logró conseguir trabajo en una tienda de bordados para novias y quinceañeras. Un trabajo sencillo, haciendo arreglos a los vestidos de novias. La dueña era una señora muy dulce que me dejaba jugar y colorear en una esquinita, cerca de mi mamá en lo que ella trabajaba. Y así, poco a poco, conmigo entre ellos dos, fuimos saliendo adelante.

En ese mismo año, abrieron de nuevo los viajes –de Cuba hasta Miami–. Y mi papá logró sacar a mi abuela, su mamá, y a mi tía– madrina, su hermana. Para mí fue algo grande, ya que yo vivía con ellas cuando nací y las extrañaba muchísimo a las dos. Para mejorar todavía más las cosas, al mes de ellas llegar nos comunicamos con el único hermano que mami tenía aquí, mi tío–padrino Pipo. Y pocas semanas después los cinco emprendimos un viaje de mudanza para California. Mi tío Pipo y su esposa, mi tía Sylvia, tenían un niño de apenas dos años. Ese es mi primo hermano Pedrito. Él y yo coloreábamos y jugábamos mientras mi mamá cocinaba, ya que al principio, ella empezó un negocio de llevar "cantina a domicilio de comida cubana", junto al primo de mi tía Sylvia. Mami cocinaba y él las repartía. Mi papá empezó a trabajar con mi tío manejando un camión de delivery de carnes a los mercados. Así empezó nuestra vida en North Hollywood California.

Yo Cumplí mis 6 años, y allí empecé mi primer grado escolar. A pesar de ser una escuela pequeña para mí era un suplicio, porque yo no hablaba inglés y en año 1966, en California todos los ciudadanos eran puros americanos; nadie hablaba Español. No existía el sistema ESOL que hoy tienen las escuelas para ayudar a los recién llegados a aprender el idioma. Nadie sabe lo que lloré por no saber pedir ayuda ni para ir al baño. Mi tío Pipo cuando me escuchó decir que yo no iba más a la escuela me consiguió una maestra que venía a casa todas las tardes para darme clases de inglés intensiva; y fue así como yo logré pasar mi primer grado. De California tengo lindos recuerdos, ya que salíamos de paseo en familia y la costa Pacífica con sus playas y sus majestuosas montañas presentan una hermosa vista panorámica. ¡Por supuesto, los parques como Knox Berry Farm, y mi adoración Disneyland, están ahí! Para mí era una diversión fantástica cada vez que íbamos a cualquiera de los dos, aunque Disneyland era y es, mi favorito. La otra sorpresa linda que nos trajo California fue el día que me dijeron que iba a tener un hermano o hermana.

Por seis meses todo iba bien, y de pronto hubo un temblor de tierra que a pesar de ser leve, para mis padres fue el final de vivir en California y el regreso a la Florida para nosotros. De hecho, mi mamá, mi abuela y yo, nos fuimos por tren Amtrak, pues el doctor le prohibió viajar por avión a mami, debido a que ya tenía siete meses de embarazo y la presión del vuelo podía inducirle el parto prematuro del bebé. Mi papa y mi tía–madrina se fueron por carretera; él manejó el camión de la mudada y ella el carro de familia. Así pasaron cuatro días hasta que al fin llegamos a Miami, donde mi primo Nelson, su esposa Nancy y su bebé, – mi prima Nitza–, nos recogieron en la estación del tren y nos llevaron para su casa. ¡Esa noche no se me olvida porque nos esperaron con mi comida favorita, arroz y frijoles negros con picadillo criollo! ¡Llevábamos tres días comiendo sándwich de jamón y queso y papitas, para mí fue un banquete!

Papi y tía llegaron a la mañana siguiente, y ahí comenzó la búsqueda de vivienda. Por suerte, papi pudo empezar a trabajar para la compañía Swift Meats haciendo lo mismo que hacía en California, delivery de carnes a los mercados; y mami, pronto encontró un apartamento de dos cuartos en el NW de Miami, frente a la escuela Católica Corpus Christi. ahí empecé yo, mi segundo grado escolar, y en Octubre 14, 1968, en el Hospital Mount Sinaí, en Miami Beach Florida, nació mi hermano Rene a las 9:30 am. Como yo le llevaba 7 años y meses, me convertí en la ayudante de mami con el bebé. Para mí, era de lo más divertido entretenerlo en lo que ella le preparaba de comer. ¡Y ese, si era tremendo comelón! ¡Me acuerdo que la vecina de abajo, Leila, venía a ayudar a mami, ¡y ella se reía por lo glotón que era Renecito! Así pasaron los años, mi mamá trabajaba para factorías de costura en casa.

Cuando René tenía dos años y medio, recibimos la llegada de otro hermanito, Rubén. Este otro hermano llegó Septiembre 4, 1971 a las 12:45pm, al igual que René, el también nació en el Mount Sinaí, en Miami Beach. ¡A este bebé yo le llevaba diez años, por lo tanto me lo cogí para mí! Yo, lo bañaba, le daba sus pomos de leche y lo arrullaba con música, mientras lo mecía para dormir. Tengo miles de recuerdos…de los tres acurrucados en el sofá los Sábados en las mañanas, mirando los muñequitos en la televisión, cantando y bailando con los discos y casetes. Y no hablemos de las Navidades, porque, aunque no éramos ricos, ¡nuestros padres nos daban buenos gustos de Santa Claus!

La escuela de Corpus Christi fue mi escuela desde el Segundo grado hasta el séptimo. Allí hice mi Primera Comunión a los ocho años y mi Confirmación a los doce años. René y Rubén también se bautizaron en la iglesia del Corpus Christi; mi hermano René empezó el primer grado, el mismo año que yo empecé el séptimo, en esa escuela. Fui parte del coro de la iglesia y jamás olvido las Cantatas de la Misa Del Gallo, los 24 de Diciembre. Tantos recuerdos de mi infancia y de mi comienzo de adolescencia. A veces me pregunto: –¿Qué fue de mis amigas y amigos, los que aún recuerdo con mucho cariño y nostalgia? Mi mejor amiga Cynthia Sorensen, la españolita preciosa María Urbino, los bellos del aula; Manuel y Alex, ambos hijos del señor custodio de la escuela. ¡Cuánto más escribo, más recuerdos llegan a mi memoria, de esa etapa tan hermosa de mi vida!

A pesar de todo, llegó el momento en que el barrio donde crecí y donde nacieron mis hermanos, se tornó algo peligroso, ya que nuestros vecinos se fueron mudando y comenzaron a llegar al barrio un grupo de jóvenes algo agresivos. Fue por eso, que mis padres decidieron que nos mudáramos para Hialeah. Mi tía–madrina vivía ahí. y por suerte, frente al edificio donde ella residía estaban estrenando un edificio de apartamentos bastante bonitos y de buen precio. En el verano del año 1975, teniendo yo catorce años, nos mudamos para allí. En ese edificio conocí a quién hasta hoy, fue y es mi amiga–hermana, María Asís. ¡Tenía ella trece años y yo, Catorce; pero desde el día que nos presentaron, ¡hemos sido inseparables!

Juntas, empezamos el octavo grado en Palm Springs Junior, High School, mi primera escuela pública. Estuvimos en esa escuela hasta el noveno grado, y fueron dos años escolar inolvidables; los juegos de Fútbol, las clases de Frances que nos encantaban, –ya que es un idioma precioso–. En ese edificio cumplí "mis quince años", me tiraron las fotos en el Hipódromo de Hialeah. Recuerdo que Isabel, la mamá de María llegó a casa a las 5:30 am para maquillarme y peinarme. Fue un día bello y frío. ¡No se me olvida que pasé momentos super fríos durante las fotos, y para colmo, el fotógrafo y su esposa eran gagos! Se demoraban bastante tratando de decirme como debía posar. Hoy, recordándolos, me da risa y a la vez les envío bendiciones donde quieran que estén, porque eran muy dulces y cariñosos los dos.

Después del curso final en Palm Springs Junior High, María y yo pasamos para Hialeah Senior High School, donde nos graduamos en Junio 12.1980. ¡Jamás olvido lo rápido que pasaron esos tres años! Mis maestros, Mr. Coleman, y como él, otros tantos maestros, hicieron que mis tres años allí fueran inolvidable y bastante especial. Detrás a la graduación, María entró a estudiar Cosmetología y logró disfrutar una carrera de más de treinta años, junto a su esposo Craig; quién, por cuarenta y cuatro años fue Paramédico y bombero, y a la par, manejaba su negocio propio de instalación de Sistemas de regar agua en los patios. Ellos tienen dos hijos, C J y Bradley, ambos son hombres con buenas carreras y una vida adecuada.

Para mí, después de la graduación vino la oportunidad de conseguir un trabajo en el Palmetto General Hospital, donde trabajé desde Noviembre 9, 1980 hasta Marzo del 1997 ya que vendieron el hospital, y después de diecisiete años nos dejaron ir. Mi trabajo como Medical Billing me encantaba en verdad, allí dejé muchas personas con las que crecí. Porque tenía diecinueve años cuando empecé a laborar, y treinta y seis cuando me fui. Son muchos los recuerdos buenos y malos, aunque hasta los malos los extraño, porque no fueron tan fuertes después de todo. En fin, después de estar ahí, estuve un tiempo breve trabajando en un Day Care donde adquirí mi certificación para trabajar con niños de preescolar. Por un año, estuve con mi hermano René en Arlington Virginia, ya que él estaba en el US Navy y trabajaba para el Pentágono en Washington DC. Y Rubén, también estaba ubicado en el US Navy, a bordo del Portaviones John F. Kennedy que tenía su base principal en New Port News Virginia. Por lo tanto, cuando entraba a su base él venia con nosotros, y los tres nos divertíamos juntos. Durante mi tiempo ahí, trabajé de recepcionista para la peluquería Suissa en Pentágono City Mall, en Washington DC.

Cuando René terminó su tiempo de militar, regresamos a Hialeah, donde yo empecé a trabajar en la oficina del doctor Efraín Cámara, en el Front Desk o recepción. Entonces, René regresó para Virginia porque allá estaba su novia Tracey, quien es hoy su esposa con la que tiene dos hijos, Zachary René y Christopher Lee. Rubén terminó su proceso militar un año después y también regresó a Hialeah, donde conoció a una joven llamada Yvonne, con la que hasta hoy está felizmente casado, tienen un hijo que es Paramédico–Bombero para la ciudad de Hialeah, su nombre es Ryan Alexander, orgullo de nuestra familia y un buen ejemplo de virtud y abnegación para los jóvenes de esta época.

Como mencioné anteriormente, trabajé por doce años para el doctor Cámara y conocí a toda su familia. con los que hasta hoy sigo en contacto, manteniendo amistad con sus hermanas, sobrina e hijas. Nuestro doctor falleció, pero dejó un legado de amor muy grande entre todos los que tuvimos el privilegio de conocerlo. Una de las cosas que marcó mi vida ocurrió durante el tiempo en que trabajé con el doctor. Resulta que yo, en el año 2007 recibí una visita que cambió mi mundo, ya que distinta a María, yo no tenía una vida social movida que digamos: Mi mundo, era mi trabajo, preocupación por mis padres, jugar con mis sobrinos y ahijados, y los fines de semanas me iba a West Palm Beach para ir a casa de María, donde siempre la pasábamos bien. Pero un mañana, día de las Madres, se apareció en mi casa un chico que años atrás fue vecino mío. Aunque hacía unos años que no nos veíamos su apariencia física me llamó la atención. Donde antes estaba mal atendido y algo fuera de forma, hoy estaba como un Dios Griego. De entrada, se dirigió a mí y me pidió ayuda para resolver su residencia vencida desde hacía años. ¡Por supuesto que lo acepté, y ahí empezó la situación! El

Viernes siguiente, él llegó a las 7:00 am a mi casa; por suerte yo estaba casi lista; pues primero me tenía que acompañar a una cita de mi doctor, para después ir a ver a la abogada Ibarra, ocupada en asuntos de Inmigración para resolver los papeles de él. Ese día lo pasamos corriendo de un lado para el otro, resolviendo papeles y comenzando trámites que durarían unos meses para finalizar. Dos semanas después regresó para que yo lo llevara a una cita legal. Pero más tarde me dijo que me quería llevar al cine, porque sabía que había una película que a mí me gustaba, ya que él me había oído hablar de ella, varias veces.

Para acortar la historia, esa fue nuestra primera salida y a partir de ahí, cada vez que él venía a resolver algo, terminábamos saliendo a divertirnos. La relación empezó al final de Mayo; el 26 de Septiembre pidió mi mano en matrimonio y justamente, un mes y dos días después que le llegó su residencia celebramos nuestra boda en el Salón Emperador Palace. Sin dudas, Febrero 16, 2008 fue y para siempre será el día más Feliz de mi vida! A pesar de muchas barreras y demasiada interferencia, nosotros logramos tener una casita donde fuimos más que felices. El tercer fin de semana de cada mes, era como "mini vacaciones' para nosotros. Un mes nos íbamos para los Cayos donde el pescaba de día y en el atardecer salíamos a comer a la calle de Duval y a caminar por la orilla del mar. En el próximo mes, nos íbamos para Ocala, donde nos reuníamos con amigos y teníamos un barbecue, o nos íbamos para los parques de agua y la pasábamos rico. Y nuestra última salida era para West Palm Beach a casa de María, donde a veces salíamos con ella y su esposo Craig en su barco, a pescar. ¡Me fascinaba salir al mar abierto donde veíamos Delfines y donde yo disfrutaba mucho de la energía sanadora del mar, relajada, leyendo un libro en lo que ellos pescaban! Otras veces nos quedábamos en su casa, disfrutando de la piscina y el Jacuzzi, música, comida y vino. ¡Nos divertíamos de día y por la noche veíamos películas comiendo rositas de maíz y chocolates! ¡Hasta hoy, no hay un día que no extrañe esas salidas mensuales!

En Septiembre 30, 2010, nuestra historia se tornó algo difícil, después que yo perdí mi empleo y la salud de mi padre tomó un rumbo fatal. Entonces tuvimos que dejar nuestra casita y mudarnos a un efficiency que tenía un familiar mío; porque con el salario de él y mi compensación de desempleo, eso era lo único que podíamos pagar. Entre la afectada salud de mi papá y el comienzo de lo que fue una severa menopausia en mí, les juro no sé cómo lo hice, para salir adelante. Fue en este tiempo que mi esposo Jorge Luis decidió cambiar su actitud, y en vez de apoyarme se alejó y no hacía más que quejarse, de que tenía una compañera de cuarto en vez de una esposa. Para mí todo era gris, y gris oscuro; ya que para el 2011, mi padre seguía empeorando y mi salud estaba grave; entre la tensión de mis cambios hormonales, mis padres y el desamor de mi esposo, la depresión tomó su lugar y me llevó a donde quiso.

El resto del año 2011, me lo pasé yendo del hospital a la casa y de nuevo al hospital. Apenas dormía porque los ataques de pánico me causaban mucha falta de aire, los que calmaba gracias a mi nebulizador cuando me podía dar un aerosol, el que por suerte ayudaba a mitigar un poco la ansiedad. Así pasaron los meses y poco a poco, como pude, saqué fuerzas para enfrentar el peor de los años para mí, el 2012. En Marzo ingresan a mi madre en el hospital, resultando que ella tenía el mismo padecimiento que mi papá; enfermedad crónica cardiaca y COPD enfermedad pulmonaria y cardiaca crónica, junto con emphysema pulmonar, pues nunca quiso dejar de fumar. Entonces, a veces tenía a papi en cuidados intensivos y a mami en otro cuarto ingresada. Así fueron las cosas empeorando, hasta que mi papá falleció el 28 de Junio 2012.

Después de pasar por todos los trámites, Jorge Luis y yo tuvimos que mudarnos con mi mamá, porque ella no podía estar sola, y yo era quien la cuidaba. A pesar de que había un poquito de tranquilidad, yo notaba los cambios de Jorge Luis y su alejamiento hacia mí. Eso fue lo que me llevó a enfrentar nuestra realidad, aunque pasara lo peor. El 8 de Septiembre 2012 lo enfrenté con las pruebas de su infidelidad, y en vez de intentar hablar, salió a refutar mi actitud como una fiera. Y no volví a verlo hasta el Lunes 10 de Septiembre cuando decidió que se iba con ella. ¡Al día siguiente, recogió sus cosas… y adiós! Sin su apoyo financiero y sin poder trabajar, porque mi mamá a cada rato enfermaba con neumonía y había que ingresarla de inmediato, tuvimos que vender los muebles para liquidar mi carro; lo demás se guardó en un estorage. Mi mamá y yo nos quedamos unos meses con mi tía Prisca y más adelante mi ahijada vino por nosotras y nos llevó a vivir para Lehigh Acres. Allí, con la ayuda de la iglesia Presbiteriana conseguimos vivir en un apartamento de un cuarto, donde al menos estábamos algo estable. El año que pasamos ahí fue muy difícil emocionalmente para mí, ya que fueron demasiadas perdidas y la soledad y depresión se agudizó.

A pesar de la ayuda que recibía semanal de una psicóloga, yo no lograba superar el dolor que sentía, ya que nadie entendía que aún estaba pasando por la menopausia, y eran muchos malestares físicos y emocionales a la vez. Por otra parte, estaba la enfermedad de mi mamá y el asunto de Jorge Luis. Además, nadie entendía que yo apenas estaba empezando a procesar la muerte de mi papá. También el tener que perderlo todo, básicamente quedar en cero; peor que cuando llegamos de México. Porque en realidad, en aquel primer momento de nuestra llegada, mi papá tenia de todo lo necesario, para nosotros empezar a construir nuestras vidas aquí. Sin dudas, esta etapa de mi vida fue y siempre será, la etapa más oscura que he tenido que pasar en esta vida.

En el mes de Octubre del año 2013, mi hermano René, quien llevaba viviendo en Tennessee unos años, decidió venir a buscarnos y llevarnos con él para pasar su cumpleaños y los días festivos juntos allá en su casa. Lo primero que vio, fue lo mal que yo estaba y la depresión que tenía, combinado con la enfermedad de mi mamá. Entonces decidió mudarnos permanentemente con él. De hecho, en Enero del 2014, regresamos a Lehigh Acres para recogerlo todo y entregar el apartamento. El 16 de Febrero 2014 llegamos de mudada con mi hermano René a Johnson City Tennessee. Mi hermano me comenzó a llevar a la clínica de la Universidad ETSU, donde a pesar de no tener dinero, trabajo o Seguro médico, me atendieron como una reina. En pocos meses me controlaron la presión arterial y con la ayuda de mi nueva psicóloga y un medicamento para la ansiedad, poco a poco comencé a ver luz al final del túnel. El día 3 de Julio 2014 me hicieron la prueba de la Apnea del Sueño y al ver la multitud de veces que dejaba de respirar dormida, ellos me dieron mi Cpap, y gracias a Dios y a ellos, desde entonces puedo dormir profundo toda la noche. Tristemente, al día siguiente, el 4 de Julio 2014 a las 9:30 de la noche, mi mamá falleció; su enfermedad pulmonar había empeorado y tenía cáncer pulmonar. Yo le di gracias a Dios que ella no tuvo que sufrir los tratamientos de quimioterapia, porque con lo delgadita que estaba, ella no los iba a tolerar. Por lo tanto me sentí en paz, a pesar del dolor de su partida.

En los meses que siguieron, yo seguí luchando por recuperar la persona que yo era, antes de pasar por todo los hechos, y el Universo me ayudó. De pronto me avis la madre de mi cuñada para ver si yo quería ayudar a la esposa de su primo hermano, porque ella trabajaba en casa y el no podía caminar bien. Sin pensarlo dos veces le dije que sí y ahí empezó mi camino a la sanación. Ella se llama Bárbara, su esposo Ángelo y la hermana de Ángelo es Francis. Ellos me ayudaron a recuperar mi alegría y mis fuerzas físicas y emocional. Para empezar, Ángelo me recordaba a mi padre por ser un hombre fuerte y un Sargento de los US Marines. ¡Me pasaba ratos, escuchando los cuentos de sus años en la Marina! Ayudarlo a él, era como ayudar a mi padre, por lo tanto me sentía alegre de estar ahí. ¡Francis es un ángel, ella es mayor de edad, pero su mente es la de una niña de ocho años! Con ella todo es amor, risas y juegos, ella es la energía tan linda que se siente en la casa. Bárbara es trabajadora y super divertida, tiene un corazón grande y lleno de amor hacia todos. Estar en esa casa, es estar en paz y sanación total. ¡Te puedo jurar que no se, en qué momento pasó toda la ira la rabia y el odio que sentía, contra la persona que destruyó mi matrimonio, y contra todos en general! Ya que me consumía esa oscuridad. En pocas semanas de estar con ellos, de pronto noté que me sentía liviana y libre por dentro; era como si mil lucecitas se prendieran a la vez, desapareciendo del todo la oscuridad. De hecho, trabajé con ellos un año, y de ahí comencé a trabajar para una compañía de ayuda de carreteras. Y por ser bilingüe, me pagaban más salario por atender las llamadas en español, de las personas a las que se les ponchaban las llantas de los carros, o se le quedaban las llaves dentro del carro, o simplemente necesitaban una grúa porque el carro no les funcionaba.

¡Nadie se imagina lo que sentí, cuando me vi de nuevo manejando mi carro con serenidad y de nuevo trabajando! ¡Me sentía libre e independiente, como nunca antes sentí! De esa compañía, pasé para otra que pagaba mejor, y ahí estuve otros dos años. Luego trabajé para un centro del Banco América, ayudando a los clientes que tenían problemas o fraudes en sus cuentas bancarias. En esta compañía me mantuve hasta el 2022, porque tomé otro trabajo que me fascinaba. ¡Ya que pasaba el día tirándole fotos y videos a los RV para irse de Campo! Eran hermosos y lujosos por dentro y por fuera mis fotos y videos las tenía que pasar a una página donde las personas interesadas en comprar, literalmente podían hacer un tour virtual de los RV. Ahí me quedé hasta que cumplí mis 62 añitos. ¡Y con todo el gozo de la vida, me retiré! A Dios gracias, en Febrero de este año empecé a recibir mi pensión, y ahora ocupo mi tiempo con mi familia y mis amigas. Tengo la dicha de vivir en un estado hermoso, rodeado de montañas majestuosas, las Apalachian Mountains, mejor conocidas como las Smoky Mountains, en español, Las Montañas Ahumadas.

En realidad, no es humo lo que las cubre, son las nubes. Ya que estamos a una altura, bastante, por encima del nivel del mar. A mí me fascina mi hogar, porque no hay temblores de tierra, ni huracanes, ni tornados. Las montañas protegen el área de todas esas anomalías de la naturaleza. Eso sí, disfruto plenamente de las cuatro estaciones del año. El invierno es tolerable, aun cuando decide nevar; otra belleza de la naturaleza que disfruto de verdad: ¡Cuando llega la primavera, es una maravilla ver el renacimiento de las flores y de los árboles! Los Tulipanes surgen aun si hay nieve, al igual que las rosas, las plantas amanecen cubiertas de unas semillitas, de las que brotan unas florecitas blancas o rosadas, y en varios días les van brotando las hojas verdes hasta que recuperan su esplendor completo.

Luego sigue el verano, en el que todos disfrutamos del suave calorcito del sol, junto a la brisa bien fresca que proviene de las montañas. ¡A pesar de no tener el mar cerca hay muchos lagos y manantiales, donde puedes nadar y disfrutar un día en familia o con amigos! Las noches son frescas y para el que pasa el día al sol, se siente divino. Aquí también hay varios parques acuáticos para todas las edades, en el que se pasa un fin de semana de pura diversión. Aunque Disney está lejos, tenemos Dollyworld; no tiene el tamaño de Disney pero pasas un día espectacular montando en sus aparatos, y disfrutando los shows que presentan. También se come rico en sus restaurantes. ¡Ya por último llega el más bello de todos, el otoño! Nada se compara con los colores de las hojas de otoño, miras hacia las montañas y ves tonos de verdes, naranja, morados, rojos y amarillos. Tal mente parece que desde el Cielo se derramó un arcoíris sobre la Tierra. Ya sea al amanecer o a la caída del sol, la vista pintoresca de las hojas te deja sin palabras.

Para mí es un placer vivir aquí porque aunque tengo todo lo necesario en una ciudad, me rodea la naturaleza de tal manera, que disfruto ver la belleza del monte al igual que sus habitantes. Aquí hay osos negros, zorritas rojas, los venaditos más lindos que puedes ver, y un sin fin de aves; ¡como los bellos cardenales rojos y falcones majestuosos! Y para el que disfruta de la historia de Tennessee, aquí está Jonesbourgh, el pueblo más antiguo de aquí. El área completa está compuesta de edificios y casas que fueron construidas en los años 1600 y 1700. Algunas son las casas que fueron usadas para ayudar a los esclavos a escapar del Sur hacia el Norte, donde serían libres. Durante el otoño se reúnen personas que llevan varias generaciones de familias viviendo aquí para el famoso e interesante: "Tiempo de Contar Historias, Storytelling Time".

Es increíble escuchar lo que ellos o sus familiares vivieron, en sus respectivos tiempos. En cierto tiempo hay excursiones donde te entran a las casas y te muestran los túneles que tenían que atravesar los esclavos para llegar a su libertad. Es impresionante ver lo estrecho que eran. Sin dudas, por un momento uno se siente transportado al pasado y de pronto podemos ver y sentir, lo que sintieron esos seres que tanto padecieron en manos de los crueles y abusivos dueños de las haciendas. Jonesbourgh tiene el hotel más antiguo. Es más, en aquellos tiempos, las personas llegaban en coches halados por caballos para hospedarse allí. Hoy, cuando entras, puedes ver las fotografías de lo era en sus tiempos de gloria. Sin dudas, mi precioso Tennessee ofrece un mundo de belleza natural. Rodeado de historia y lleno de personas dulces y felices al dar la bienvenida a todo aquel guste disfrutar de nuestro hogar. Espero de todo corazón que les haya gustado mi cuento. Después de todo, les compartí un pedacito de lo que fue y es mi vida, de acuerdo con mis recuerdos.

Para finalizar, les diré que a mis 62 añitos de edad, a pesar de amar a este país y darle gracias a Dios por haberme podido criar en él, mi corazón y mi alma siempre pertenecerán a esa hermosa isla del Caribe. La que por un tiempo llevó el nombre de, "La Perla Del Caribe". Y aunque mi Cuba vive hoy, en la destrucción total y el infierno de un Gobierno corrupto y aberrante, yo guardo la Fe en Dios, y en nuestra virgencita María de la Caridad del Cobre, que pronto llegará el día en que "La Luz retorne a mi tierra, y la oscuridad sea derrotada y olvidada para siempre"! ¡Cuando llegue ese día, esa niña llamada Nory Gallardo Arcia, volverá a caminar por la calles de Santo Suarez, Habana Cuba, junto al pequeño pueblo de familia que aún tengo allí. ¡ Y celebraremos a todo dar, el renacimiento de mi tierra natal y la libertad de mi Cuba!

PAULINO GARCÍA

Nació el día 4 de Mayo de 1953 en la Ciudad de La Habana, Cuba. Su padre un militar (antes de 1959) y su querida madre una ama de casa.

Realizó múltiples oficios en la industria metalúrgica y ejerció como profesor de Matemáticas de nivel medio. Laboró en los servicios médicos de la Cruz Roja en Cuba antes de abandonar su país hace más de dieciséis años para residir en los Estados Unidos, donde participa en talleres y grupos literarios; su profesión actual: mecánico automotriz.

Desde muy joven tiene la inspiración de escribir, y como un regalo a sus hijos, nietos y familiares ha escrito cuentos cortos, siguiendo la petición de su familia y amigos.

Otros libros de autor, publicados por D'Har Services Editorial Arte en Diseño Global:

Los Casi Cuentos "El Sillón del Pez,
Los Casi Cuentos " El Puño Cerrado

Selección de Cuentos en español
The almost tales: A copilations of stories

Publicados por Entre Líneas:

Libro de cuentos:
El Detective Pérez y otros Más.

Novela:
Detrás de los Hibiscos.
Novela: San Miguel de las Navajas
Libro de poemas
Historia Inconclusa 1
Historia Inconclusa 2

MARAVILLOSO VIAJE

Observas por la ventana la fina llovizna que cae, y el sol naciente que empieza a colorear el amanecer de un día que quedará en tu memoria. Vuelves la vista hacia él, y agradecida lo contemplas dormir en la cama donde unieron sus cuerpos y sus vidas por eternos lazos, mientras lanzas al aire la pregunta. ¿Amor, qué hemos hecho? Pero no te reprochas. Comprendes que desde ese momento serán en uno para el otro. Ya no podrás imaginar sus vidas separadas, y un temor incipiente nace en tu corazón. Lo vuelves a mirar con ternura, y sonríes al escuchar sus ronquidos; entonces piensas, cuántas veces extrañarás ese sonido y ansiarás poner sus manos en tu cuerpo, sus besos en tus labios y el susurro de su voz diciéndote "te amo", o cuando te diga en el momento de partir: "Adiós, mi vida", "espérame que regresaré para amarte siempre". Piensas que a partir de ese instante quedarás sola y un escalofrío recorre tu cuerpo divino, y el ahora sonrojado pecho palidece de temor, a la vez que tus ojos se humedecen y unas lágrimas empiezan a brotar; pero no te preocupes, estarás acompañada cuando la nostalgia te golpee el alma, porque yo estaré para ti en ese instante, como ahora. Ya estoy aquí, percibiendo tus sentimientos y reafirmando que eres el lugar perfecto para sembrar mi vida y amarte con el amor más puro y desinteresado que existe, como usted lo hará conmigo.

He llegado a ti. Dejé con aprecio aquel formidable lugar donde me formé y viví la experiencia de distintas aventuras, en aquella larga travesía llena de escalas de distintos matices que fueron parte nutriente de mi formación. Puedo recordar desde que llegué a él, los momentos felices que compartía con familiares y amigos, la dulzura al tratar a su madre, y el cariño y respeto con admiración hacia su padre. Contemplé y grabé para mis deseos de ser igual: El valor con que cuidaba y defendía a sus hermanos menores, y en especial a sus hermosas hermanas. No tuvo limites en ofrecer amor y cariños para todos sus semejantes. A los humildes, pobres y desvalidos, siempre ayudó. Eso lo observé desde su interior, donde viaje y me aferré con fuerzas para no caer al vacío, o en lugares donde no fuera en usted, sí, en usted, que desde que sentí su presencia en su vida, la escogí como puerto final de este maravilloso viaje. También conocí en él, su valor y sus miedos, los temores y sentimientos de soledad que sufre un militar lejos de sus seres queridos, de la mujer que ama. Lo vi muchas veces contemplando una foto de usted, y hablarle a ese pedazo de papel lleno de letras, que hablaban de un tiempo que vendría pronto y del hogar que formarían. Sentí como besaba y apretaba contra su pecho esos tesoros que cuidaba con esmero y temor a perderlos en el fragor del combate, en un descuido, mientras luchaba por obtener la victoria para la causa que defendía.

Sé, que por tu mente pasan mil ideas, de cómo será el futuro, de las noches solitarias que pasarás triste, preocupada y asustada por si le pasó algo, por el peligro que corre en la guerra. De los días y tardes que mirarás al camino con la esperanza de verlo llegar, y tal como Penélope, deshacer al amanecer, el tejido de ilusiones de cada noche, para comenzar en la mañana, la confección de otro manto bordado con los recuerdos hermosos y felices que vivieron juntos. Esas memorias que fortalecerán el deseo de una vida compartida y de serle fiel, más allá de la inocencia. Más cuando él, cansado, reflejando en su rostro la fatiga del combate, regrese buscando en tus ojos la luz que ilumina su camino, el encanto de tu voz que suaviza sus iras, y en tu cuerpo la tersura de la piel en la cintura. Se asombrará del cambio, al ver la redondez de tu vientre, que lo hará sentirse feliz, con todo el amor renovado y más atado a tu vida y la mía.

Ahora no me puedes ver ni sentir. De forma poética, diría: Que para llegar a ti, perdí hasta la cola en la competencia contra miles o millones de rivales; pero valió la pena luchar por el trofeo y refugio que ofreces en tu cuerpo. Porto valiosa información de él, que se unirá a la que brindas: La de tus talentos, tus ojos claros y dulces, el pelo que cae elegante sobre tu espalda; la voz que deleita el paisaje sonoro, suave y fresco como bálsamo de alegrías que llegará a mis oídos en forma de cantos llenos de ternuras, para callar mi llanto y sedar mi espíritu que ha vuelto a tomar cuerpo en ti, para renacer en otro ser.

Pasará el tiempo necesario y saldré de ti, me besarás y abrazarás con amor, cubrirás mi cuerpo desnudo con lindas ropitas, muchas de ellas confeccionadas por tus ágiles manos. Él vendrá a vernos, y como en un sueño que tuvo donde veía el mensaje que le dejé antes de salir de él, te llevará un ramo de flores rojas y observará en mi mano derecha, el puño cerrado, como demostración que soy, el niño que siempre aparecía en sus sueños y visiones, dándole la mano en los momentos difíciles y los de alegría.

De tus senos brotará el alimento primario que saciará mi hambre, mientras voy creciendo y aprendiendo, a la vez que te miro ansioso por decirte, por primera vez, con esas palabras que se irán formando: Mamá, o Amor Eterno.

AVECILLAS LIBRES

Aquel verano de tardes con el cielo coloreado de matices rojos y calientes corrientes de aire, se quebró un barrote de la jaula y escaparon por miles las palomas cautivas. Más, el viejo palomo padre quedó prisionero en aquella cárcel de límites fijados por los mares, más sintió placer de ver volar alegres entre las liberadas, sus más preciados tesoros. Sus avecillas del alma volaron y sus ojos perdieron el brillo de espejos que reflejaban ternuras, cambiando por el resplandor opaco de miedo y la angustia. Aquel verano quedó grabado para siempre en el recuerdo, sus últimos juegos ante unos ojos nublados por el llanto, quizás como el de un gorrión que ha perdido el nido. Se fueron, como golondrinas viajeras, y curiosas por conocer otras playas y otros cielos iluminados por el mismo sol; pintor de arreboles encendidos, pero nunca como los de la isla cautiva.

Pasaron muchos años con sus veranos coloreados para otros cielos, pero para el palomo no dejaban de ser otoños grises llenos de espantos y nubladas luces de sueños de aves prisioneras del capricho de buitres sedientos de lágrimas. Un día, una tarde, o una noche, porque todo era lo mismo, de igual sabor a tristezas y deseos reprimidos; sintió un canto de pájaros alegres revolotear sobre su lecho, e identificó entre aquellas recién regresadas la más pequeña de sus avecillas liberadas, quién se acercó y le dijo: Tu jaula no es tan fea como han dicho, sólo necesita un poco de reparos y pinturas, más yo puedo ayudar, tengo solvencia, y ayudó al buitre con recursos, para reparar la jaula que encerraba al padre. Las ansias de libertad nunca murieron, porque una jaula, aunque sea de oro, es un encierro. Y el viejo palomo no desistió en su empeño. Por lo que introdujo entre barrotes de techo su pescuezo, para dejarse caer y su cuerpo envejecido colgara hacia el vacío, dejando libre su alma del encierro.

GUSTAVO ADOLFO GARCÍA

Yo soy Gustavo Adolfo García Valiente. Nací el 25 de agosto de 1952.

En la vereda de Turga de Siachoque Boyacá, a las 11PM.

Mis Padres: Pedro Antonio García Pacanchique y María Sixta Tulia Valiente Pirazan Gil. Fui muy feliz en mi niñez.

Estudié el bachillerato y me gradué de Sargento.

Practico algunas artes de curación.

Soy feliz, busco ser genuino en el Servicio de AHLLA.

Gratitud y Amor Infinitos e Incondicional.

EL CONCIERTO

En una región del lejano Oriente, en medio de una hermosa tierra fértil, llena de esplendor y belleza natural, ocurrió un suceso, como jamás acaeció en la vida. Allí vibraba la armonía y la paz más absoluta; el Astro Rey resplandecía fulgurante, luego de una tempestad ancestral y benefactora que pudo suceder. Relucía majestuoso, un Arco iris circular que se imponía como una corona celestial e invitaba a la contemplación; pues se sentía el entorno como en el Paraíso, y todo invitaba a la devoción y gratitud por quién hacía posible, la incomparable majestuosidad del arte regio y sin igual de Nuestro Adorable Creador.

Es bueno hablar también, algo del lucimiento de las montañas vestidas de toda clase de árboles, destacándose multitudinariamente los frutales cargados de todos los colores y aromas, que con sólo verlos se sentían sus sabores a plenitud total, como si ya los hubieses comido. Falta de observación y descuido sería pasar por alto la soberanía de las nubes blancas, transparentes, ligeras, formando toda clase de figuras indescriptibles, como leyendas o documentales que inspiraban armonía y ganas de integrarse a ellas, o mejor, volverse como ellas.

Pasarían quizás siglos de milenios al tratar de narrar todo esto, con el poder de miles de bocas, o escribirlos con miles de plumas a la vez. Es por eso que mejor hago síntesis, casi sin análisis; sólo escribo para las almas amorosas que contemplan la vida como al mismo Dios. Y obligatoriamente paso a describir a mi modo, lo más interpretativo y familiar, para intentar agradar los corazones de los seres que aquí participan.

Me parece importante mencionar, a la maravillosa águila bicéfala de colores y matices esplendorosos que surcaba el firmamento, cuyo canto resonaba con ecos en todas direcciones, haciendo más vivida la sinfonía que allí sucedía. Pues enjambres de aves cantaban y glorificaban aquel santuario. Fue bueno interiorizar la maravillosa manada de jirafas, orientadas por una hembra Alfa de color blanco oro, que veloces adornaban y agradaban la sabana.

En la cumbre de una montaña, adornada de metales y todas las piedras preciosas conocidas, se vislumbraba un castillo, y en una de sus cúspides resaltaban gentes con vestimentas que mostraban ser, representantes de los países de nuestra querida Patria, Venerable Toprak, (Tierra). Todos cataban incondicionalmente al soberano de aquel palacio, cuyo nombre es GRABOVOI. Quien les entregaba cofres y reliquias para ellos y para sus congéneres, con el fin de lograr la Unificación y Salvación Global: La inmortalidad, prosperidad, paz, salud, etc.

En fin, era sabiduría espiritual y material, en fin, todo el conocimiento científico para el desarrollo de la Humanidad. Así, también pedía ayuda para purificar y ayudar a todos los reinos: Mineral, vegetal, animal, obviamente la raza HUMANA. Enfatizando amor para los animales domésticos, como los perritos.

Obsérvese allí, una Lechuza con mirada de águila, maullido de gato, con poderes Lemurianos y Atlantes, que practicaba y enseñaba artes marciales de la tierra de los amorosos, más allá del Sol, de donde vienen los seres de luz.

Siguiendo nuestra historia, aparecieron tigres voladores que de tan veloces, parecían olores de todas las flores. Sus cachorros juguetones hablaban como los rusos y comían manzanas y frutos secos. No sé cómo podían llevar en sus lomos miles de

Mariposas, entre las que se destacaba su reina, grande como un Colibrí, que tenía ojos de sol violeta y majestuosidad de ángel.

Había una cosa grandiosa, todo se centraba en el amor: La dicha, la felicidad, la misma hierva, la Tierra, el Sol, palpitaban y se conjugaban en armonía, respeto y obediencia, a la Fuerza Universal de la Creación y del mismo Creador.

Pero aún falta quizá algo más prodigioso que la misma palabra.

(PRODIGIO). NO PUEDE DECIR LO GRANDIOSO Y MÁS RELEVANTE.

A lo lejos, en altísima mar, aparecieron nubes con fuegos de color de viento, que iluminaban el contorno hasta los confines intransitables, más allá de la Galaxia de la Vía Láctea, era una nave OVNI que brillaba en todos los tonos y todos los colores. La cual daba giros espectaculares y tan veloces que formaban círculos concéntricos, dejando a su recorrido, surcos coloridos inolvidables. Finalmente, dicha nave se deslizó a la tierra, se abrió una gran puerta en su séptimo piso, y allí resplandeció nuestro amado Señor Jesucristo, con su séquito de ángeles que cantaban con la voz del Cielo.

El milagroso Maestro Jesús, el Cristo, cuando bajó a la Tierra, se inclinó, la besó entre sus manos y con amoroso saludo, manifestó: "Que estamos bendecidos, que Él vive entre nosotros, que la Macro Salvación es un hecho, que cada uno de nosotros debe poner de su parte, que la Tierra será un Paraíso." Dicho esto, se iluminó el lugar y la nave partió en línea vertical. Hasta recuerdo todo y me inclino ante tanta majestuosidad.

Amor y Gratitud infinitos.

Gustavo Adolfo García Valiente.

LUZ MARINA GÓMEZ

De nacionalidad colombiana, nacida el 26 de marzo de 1955 en Granada, Cundinamarca.

Adelantó estudios de Licenciatura en química y biología en la Universidad Libre y Maestría en Bilogía en la Universidad Javeriana, de la ciudad de Bogotá.

Ejerció la docencia en Bogotá D.C. durante 37 años.

Actualmente se dedica a actividades propias de su condición de jubilada; siendo la lectura y la escritura las que más cautivan su interés.

Su primer libro: Cartas en el Asunto, fue publicado en el 2023 por la Editorial D´har Services.

COMO EXPERTO CICLISTA

Un joven, quien aún convive con su madre; en tiempos de pandemia se niega a quedarse paralizado por temor al contagio. Es así como impulsado por el sentimiento del amor por su pareja; decide poner a prueba sus capacidades físicas, para desplazarse a través del único medio de transporte a su alcance: la bicicleta.

Debe iniciar por enfrentar un buen número de amenazas; desde los temores de su madre, quién se sentiría mucho mejor teniéndolo bajo su protección, las advertencias de la familia en cuanto al riesgo de viajar justamente a la ciudad, foco de mayor contagio, hasta la amenaza delincuencial, los riesgos de transitar por vías automovilísticas, las inclemencias del tiempo, el comportamiento de la máquina, entre otros.

A pesar de todo, él, confiado en sí mismo, pues poca fe profesa en fuerzas externas a él; emprende su primer viaje, contando con el respaldo de su madre, quién ofrece hacerle en automóvil, la parte más empinada del camino. Ella lo despide y se queda un rato, observando cómo su hijo se aleja pedaleando su bicicleta con paso firme y seguro.

Luego ella debe emprender el regreso en sentido contrario y una vez en casa, inicia su ferviente oración, rogando a Dios por su bienestar y clamando la compañía en el camino de San Miguel Arcángel, la virgen santísima, San José, la madre Bernarda y cuánto santo pueda protegerlo en sus proyectos.

Todo resulta óptimamente, mamá confirma el fruto de su oración, y él demuestra que su tranquilidad y la forma menos complicada de ver las cosas; hacen que todo resulte más sencillo de lo que hay en las mentes de quienes se quedan estáticos.

Ya ha emprendido varios viajes seguido de las cuarentenas de rigor, y las ganancias de tales osadías ya se empiezan a vislumbrar. Ella confronta su espiritualidad, y gratamente se siente bendecida a través de la protección para sus seres más amados.

Disfruta también del desempeño maduro, responsable y autónomo de su hijo, reconociendo la importancia de dichas cualidades en nuevos emprendimientos. Él, el gran ganador, poniendo a prueba todo de sí, para emprender esos tramos del camino que nadie más aprueba, sólo él, con plena confianza en sus capacidades, dones y talentos que reconoce en su haber.

En este caso, la motivación del amor es determinante. Pero así mismo, en otras circunstancias siempre encontrará la razón pertinente, que lo lleve a emprender los viajes que sean necesarios, en la aventura de vivir con intensidad.

Sept 2020

EL SE LEVANTA SÓLO

Hernando debió afrontar un momento en su vida, que lo llevó a considerar que su proyecto de vida consistía en segarla. Actúa de conformidad, pero el disparo que se propina en su cabeza no cumple con su cometido.

Sobrevivió para cargar con las difíciles consecuencias; deambula invidente por las calles veredales como Nazareno con su cruz, pues sufre además caídas súbitas que lo mantienen por algunos minutos en estado aparente de inconsciencia; luego de los cuales, él, por su cuenta se reincorpora, acomoda su sombrero, toma su bastón y reanuda su caminar.

Las veces que lo he visto tirado en la calle; pido a los transeúntes participar para ayudarlo y recibo como respuesta, que no es necesario hacer nada, que él solito se recupera y sigue como si nada le hubiera pasado. Se ha convertido en un evento natural e indiferente para la mayoría de personas que habitualmente viven en cercanía.

Conserva aceptablemente su lucidez mental y en los diálogos que entablo con él, percibo reiteradamente sus sentimientos de rabia, rencores e indisposiciones, en especial con sus familiares. Reporta ser hurtado cuando sufre sus caídas y ser abandonado por su familia, cuyo único interés es apropiarse de lo poco que aún le queda; versiones que no siempre corresponden a la realidad, pues ellos si quieren cuidarlo, pero él en su soberbia no lo permite.

Últimamente y para transformar el dialogo, le he planteado cambiar su tristeza por alegría, a lo cual reacciona con total incredulidad de que sea posible; la alegría no tiene cabida en su nuevo mundo. Insisto en la búsqueda de motivos de satisfacción y le propongo caminos de reconciliación con el mismo y con el

Dios en el que dice creer; buscar motivos de gratitud, iniciando por la oportunidad de vida para renovación personal, y su supervivencia mediada por ángeles de carne y hueso, que le prodigan comida y cuidados personales y de su entorno.

Quizás el corazón de sus familiares y vecinos; logre conmoverse al punto de que éste desafortunado hermano, no tenga que seguir reincorporándose solo, luego de sus caídas.

GRATITUD POR LO QUE SUCEDE Y LO QUE NO SUCEDE.

Las aguas marinas en armónicos y constantes movimientos, me recuerdan la dinámica de la naturaleza de permanente cambio y evolución; pareciera que tales ritmos fueran inmodificables, sin embargo, súbitamente los vientos y otros factores, ocasionan turbulencias poniendo en riesgo a los viajeros y la vida a su paso.

Así, cual tranquilo mar, sentía transcurrir mis días, hasta que la oleada fuerte del volcamiento de mi auto, sacude con fuerza mi cuerpo y mi historia, haciéndome sentir cercana a la muerte. Cuando me reincorporo ilesa en mi integridad y consciente de los riesgos aún más fuertes que me rodearon; afanosa busco las fuerzas maravillosas que me protegieron e irrumpo en llanto sentido de gratitud hacia Dios, sus ángeles y santos.

Es un milagro, según mi sentir y el de tanta gente que se hizo presente para ayudarme, y así lo confirmo;

no encuentro otra manera de explicarlo. El Dios que reside en mi vida, es el único hacedor de milagros y

para Él, mi eterna gratitud, y mi disposición a dejarme guiar hacia las misiones que él tenga a bien. Escucho las palabras en la santa escritura, en busca de respuestas a mis renuentes quejas, reclamos, sentimientos de culpa y de torpeza, temores, incertidumbres y ellas me responden: Eclesiástico 2 4.5 "Todo cuanto te sobrevenga, acéptalo, y en los reveces de la prueba sé paciente. Porque en el fuego se prueba el oro, y los elegidos del Señor en el horno de la humillación"

Si, fue una verdadera humillación para mi ego que no acepta equivocaciones, pero la evidencia de la obra de Dios en todo el trascurso de mi vida, me lleva a la aceptación con humildad y a orientarme en términos de privilegio y misión. Salmo 30–4 "Señor, tú me libraste de la muerte, me sacaste de los que bajan a la tumba" Sentí aterrada la cercanía de la muerte; pero pronto la alegría de la salvación hizo crecer mí, fuente de gratitud y confianza.

12– "Tú has cambiado mi luto en alegría, me has trocado el sayal en un traje de fiesta"

13– "Para que mi corazón te cante sin cesar, Señor, Dios mío, te estaré eternamente agradecido.

Retomando aquello grave que pudo haber sucedido; abro mis ojos también, hacia tanto sufrimiento de la humanidad, a raíz de la pandemia por Covid 19, e incluyo en mi lista de bendiciones el hecho de no haber sido contagiada. Y reconozco riquezas que antes no veía con claridad: Un tramo más de vida con mayor sentido, disposición de servicio a los más necesitados como por estos días, mi madre, aprendizaje de renuncia a las cosas materiales para fortalecer aquellas de verdadera trascendencia, capacidad de asumir en términos de oportunidad de crecimiento, la totalidad de sucesos en nuestra existencia; reconocimiento y aceptación de la fragilidad humana y el carácter efímero de todo lo viviente.

Aprendizajes que marcan el comienzo de nueva etapa de vida, que me dispongo a disfrutar con intensidad, basada en acciones de bondad, común a todas las cunas

FRENAR EL RÍTMO

A quienes, como yo, restamos importancia al impacto del paso de los años sobre nuestra humanidad, y pretendemos continuar indefinidamente el cúmulo de actividades que nuestra plena juventud nos permite; dedico estas palabras con el ritmo pausado que marcan mis años.

Desde temprana edad, debí participar en los arduos y constantes trabajos, propios de todo hogar campesino; hecho que cimentó hábitos de hiperactividad. Hasta donde contamos con nuestra plena salud, no reparamos en los esfuerzos que fueran necesarios, incluso, restándole tiempo al descanso merecido. Más adelante, cuando el cansancio aparece con mayor frecuencia, y el cuerpo habla con pequeños síntomas acallados sólo con calmantes; aparece la enfermedad como estrategia extrema para lograr ser escuchado.

Debí experimentar el sufrimiento de los síntomas de la Fibromialgia, enfermedad silenciosa en sus comienzos, pero dolorosa e incapacitante en sus avances; para tomar la decisión de jubilarme, paso que años atrás ya hubiera podido tomar. El resultado fue positivamente impactante, sentir que descargas el mundo de tus hombros, que puedes permitirle a tu cuerpo el descanso que añora, no sólo a través del sueño – valioso mecanismo de recuperación – sino ocupándome en actividades lúdicas, voluntarias y agradables, sin desconocer las responsabilidades propias de la cotidianidad familiar. Así, casi sin darme cuenta, construyo mi nueva forma de vida, llenándome de nuevas tareas imperativas: los animales siempre deben comer, las plantas requieren atención, el hogar implica su dedicación, la madre reclama atención, disfruto dedicándome a mis nietos y de vez en cuando los otros pequeños de la familia.

Los proyectos productivos con mis hermanos otro tanto, los vecinos en necesidad requieren mi apoyo, busco llenar el vacío de maestra a través de la catequesis, mi iglesia necesita de mi tiempo; mi cuerpo necesita movimiento, por eso emprendo hábitos de caminata, natación, Yoga, Pilates, bicicleta estática, en fin, todo el día me mantengo en actividad. Y mi sufrido cuerpo nuevamente se ve en la obligación de reclamar atención y reposo. Mi pie derecho se despierta adolorido, el examen dice que está bajo de calcio y sufre inflamación; en general noto que mi cuerpo se cansa con facilidad y hasta me pide la siestecita que nunca acostumbré.

Frenar el ritmo de actividad física para dar espacio a la intelectual, la espiritual y hasta la manual (por fortuna aprendí manualidades), creo que es la nueva opción de vida que solucione tanto agite. Son la quietud y el silencio, las condiciones que nos impulsan a fortalecer la dimensión espiritual, únicos frutos que nos llevaremos cuando despeguemos de nuestra corporalidad. Nuestro proceso de vida es perfecto; de no decaer la parte física, jamás atenderíamos esto de la trascendencia.

MIGUEL MARTÍN FARTO

Nació en Remedios, Cuba. Graduado de doctor en medicina, especializado en Ginecología y Obstetricia. Es escritor, e investigador del folclor de su país, Perteneció a la UNEAC (Unión de Escritores y Artistas de Cuba), a la UPEC (Unión de Periodistas de Cuba). Sus artículos y cuentos los han publicado en las revistas nacionales; Bohemia, Revolución y Cultura, Signos. Obtuvo el gran premio de la Radio y Televisión en el año 1983 y el Caracol de la UNEAC. En 1980 fundó el Museo de las Parrandas Remedianas. Actualmente vive en Miami, Estados Unidos, es miembro del Colegio de Periodistas, la Academia Cubana de la Historia, columnistas del periódico YA, miembro activo The Cover Rincon Internactional Poetry and Other Arts, es guía de la Enseñanza Ray Sol, continuación de la Obra Saint German - Conny Méndez. Además, se ha graduado de "Licensed Midwide" y trabaja en el Hialeah Medical Plaza.

Algunas de sus obras han sido traducida al Inglés. Él ha presentado su obra literaria en Cuba, Angola, Venezuela, Estados Unidos, Perú, Ecuador, Argentina y Chile.

Sus libros publicados son:
La Parrandita (1979)
La Carpa de Fiesta (1984)
Parrandas de Remedios (1988)
Serafín Relojín (1992)
EL Secreto del Arco Iris (1999)
Las Aventuras de Kio Ki (1999)
Las Aventuras de doña Ovulo y don Espermatozoide (2000)
El Pirata Barba Trampa (2000)
Las Parrandas de Remedios en Cuba y en la Diáspora (2005)
Segunda edición (2016)
EL Remedios que llevo dentro (2005)
El Mágico Rayo (2005) Primera edición
El Tesoro de Kio Ki (2009) Segunda edición (2017)
El África que Yo Conocí (2010) Segunda Edición (2016)
Jindama, tres Historias de amor en Parranda (2013)
San Juan de los Remedios de la Sabana del cayo, Homenaje a sus 500 años (2015)
El Raro Universo de los extraños Planetas (2015)
La chiva Panchita y Otros cuentos (2016)
El Maravilloso mundo de Chinchiguirino (2017)
El Mágico Rayo (2018 Segunda Edición)
Las Aventuras del Kio KI y la Parrandita (2019 Segunda edición)
Pasión en la Tierra de las Parrandas (2020)
Conocer Remedios (2023)
Los Caminos de la gran Victoria (2023)
La Ranita platanera y otros cuentos (2023)

VENUS

En la bella Remedios, donde situamos nuestra historia. Dos barrios, iguales uno al otro en abolengo. Impulsados por una rivalidad de antaño, atentaría contra el amor de dos jóvenes, Carmen y Salvador.

–¿Qué se creerán estos sansarices? ¿Qué con par de tazas boca abajo, van a ganarnos? –Vociferaba Saturnina Arteaga, a la vez que movía con cadencia su descomunal barriga de casi cuarenta semanas de gestación.

Saturnina había nacido de la liga de dos razas, la de los tambores batá, representada por su madre Eufemia. La de las dulces frutas, que pregonaba por las calles de Remedios aquello que decía:

Piña de Cuba vende la negra Eufemia

 y la pregona de esta manera,

Zapote y coco de agua,

caramba, para las niñas…

Y la de las bandurrias, encarnada en su pintoresco padre Tiburcio Arteaga, más conocido por Jiribilla; famoso tocador de rejas en el repique del barrio El Carmen. El que había demostrado su tesis, por la que se hizo famoso: –De que las rejas de arado, cuando se enterraban de un año para otro adquirían un timbre tan perfecto, que hacía destacar al Carmen cuando en las noches invernales anunciaban las parrandas, en los alrededores del mes de diciembre.

Saturnina, por herencia familiar era del barrio de la Globa y el Gavilán, para el que siempre trabajó desde niña. No había descanso cuando se acercaban las parrandas. Chiquita todavía, pegaba adornos en las bambalinas de las carrozas, papeles de colorines en los faroles y más tarde, junto a su maestro, el famoso farolero Bicho, ayudó en la construcción de "Liras" y "Globas" que por colecciones se exhiben en las fiestas.

Este fue el principio, pues con los flejes y los alambres surgieron de sus manos, preciosos adornos de cabeza que comenzaron a impactar, cuando las lindas carmelitas salían en las carrozas. Saturnina adquirió tal maestría, que se convirtió en alguien imprescindible para el triunfo del barrio, en esa modalidad. Claro, que mucho tuvo que leer nuestra mulata, para ser una verdadera entendida en todo lo referente a las carrozas de los barrios parranderos. Pues estos monumentos rodantes que se exhiben majestuosos en las fiestas, no son ni parecidos a los que la mayoría han visto en los carnavales. Donde el personal que los ocupa, baila y se retuerce al compás de la música de una orquesta o de un aparato electrónico; mostrando al público, no sólo su destreza al bailar, sino también en las féminas, las preciosidades carnales con las que las ha favorecido la naturaleza. En las carrozas parranderas, la gente va quieta: Mientras más te parezcas a una estatua, más mérito tienes. Estas carrozas representan un pasaje histórico, una leyenda, es decir, siempre existe un tema determinado. Puede ser, "Ariadna y Teseo". Y entonces, los "remedianos" rebuscaban en bibliotecas, datos de la antigua leyenda griega, armándose de conocimientos; unos para defender a su barrio y otros para atacar al contrario.

Y entonces tú verás a los parranderos, fijarse si en la carroza va el minotauro, o contar si los jóvenes que se enviaban al sacrificio eran catorce, como dice la leyenda. Pues si no, hay un fallo. Y lo gritan, lo discuten. Esto quita prestigio al barrio y quizás le cueste la victoria. Si el tema es sobre las Siete Maravillas del Mundo, empiezan a hacerte comparación, que si el Coloso de

Rodas más bien se parece a Magín, bailando la "sandunguera", y no a la gigante estatua de bronce del Dios Apolo que daba paso al Golfo de Rodas; isla griega del mar Egeo. Ese año, El Carmen venía nada menos que con el tema de "Venus". Y Saturnina te recitaba de punta a punta, todo lo referente a la diosa del amor, de la belleza, de la primavera.

–También los griegos le llamaban Afrodita, era hija de Zeus. Dios de dioses en el Olimpo y de Dione; según los antiguos, es la obra más perfecta, pues es la madre de todo lo creado y por crear. Se casó porque Zeus, su padre, le puso la precisa, con Vulcano, un Dios muy feo que era herrero. Pero que va, la diosa no tragó y se buscó a Adonis, que sí era un tipo fácil, pero a Adonis se lo echó al pico el celoso de Vulcano, que se convirtió en un jabalí para matarlo.

Sé que Venus era una muchacha "Cuqui" de verdad, y esto hizo inspirar a muchos artistas: Rafael, Velázquez, Tiziano y la famosa estatua de Milo que está en el museo de... ¡Caramba, no me acuerdo…! Sí, sí, sí me acuerdo, sí, se llama igual que una cafetería que hay aquí "El Louvre", pero éste es de París. ¿Qué le parece como estoy? Me lo sé todo de mi socia Venus, a ver si algún sansarí le va a sacar defecto a mi carroza.

Y a pesar de estar, como se dice, con la barriga a la boca, Saturnina no descansaba en los preparativos de la próxima parranda.

–Saturnina, descanse, que le hace falta al crío que tiene en la barriga.

–¡Na' Domitila, que lo que venga, niña o niño, venga preparado para guapear con el barrio!

–Óigame, que usted es más carmelita que el Mallorquín, que es mucho decir.

Cristóbal Gilí Mateo "El Mallorquín", natural de Palma de Mallorca y asentado en la ciudad de Remedios en el siglo XIX, fue un comerciante muy entusiasta a quien Las Parrandas le debe que junto a José Ramón Celorio del Peso, –que era asturiano y también comerciante pero del bando opuesto–, le dieran la organización definitiva a los parrandistas de los ocho barrios en que se dividía el pueblo. Celorio agrupó en el barrio San Salvador a los de Buenviaje, Camaco y la Laguna. Y el Mallorquín unió en El Carmen a La Parroquia, La Bermeja y El Cristo. Y le dieron el carácter competitivo que las han perpetuado hasta nuestros días, es por ello que al escuchar la comparación con el primer Presidente Carmelita, Saturnina enrojecía de orgullo.

La idea del tema de la carroza había sido de Fernando Julio Problema "el intelectual", una verdadera enciclopedia viviente, abogado de profesión, persona muy ilustrada con todos sus conocimientos a disposición del barrio. A Saturnina le gustó el tema y manos a la obra, entre los dos confeccionaron el proyecto. –El golpe va a ser tremendo cuando en medio de la plaza se abra la concha y aparezca el descubrimiento.

La carroza de Venus, según nuestro amigo, haría historia en el pueblo remediano, y claro que hizo historia. Pues resultó que el día de Las Parrandas, Saturnina, prácticamente no había parado, su descomunal barriga a ratos se ponía dura, como reclamando el alimento necesario que ella había olvidado. Y seguía en su labor: –que si las sirenas estaban listas, que si Danilo había probado las luces de las columnas y las bambalinas, que si Esteban tenía terminado todo, y corre para aquí y corre para acá.

Ya en la zona del barrio San Salvador, se veían las descargas de morteros multicolores y la carroza reluciente desembocaba en la plaza. Los sansaríces venían con el tema "El Lago de los Cisnes" y sus figurantes sorprendieron al bailar en la carroza un pasaje del famoso ballet de Tchaikovski. El triunfo parecía sonreírles y el ambiente en la plaza era expectante. El Carmen tenía que pintarla muy bonito, para ganarle a aquel derroche de originalidad y cultura con que San Salvador había saludado. Saturnina, en sus trajines, ni siquiera oyó los gritos de viva que llegaban de los sansaríces. No sabemos cómo ella se había introducido en la gigantesca concha, y maquillaba esmeradamente a una joven carmelita para que en el descubrimiento, luciera aún más bella que Afrodita.

Los del Carmen, al no ver a Saturnina creyeron que ya se había ido, y como en zafarrancho de combate; Olarde sonó su Tatitatirá y la carroza empezó a andar por el costado derecho de la Iglesia Mayor, precedida del piquete de músicos que interpretaban la centenaria polka de Laudelino Quintero y una colección de faroles en forma de conchas marinas, detrás todos los carmelitas.

Al sacudirse la carroza con el primer movimiento, Saturnina se estremeció. ¿Qué sucedía? La carroza empezaba a andar con ella dentro, esto sería la perdición, que chasco cuando abriera la concha y ella estuviera allí, pensaba con terror cuando sentía que algo caliente corría por sus piernas.

–¡Te has orinado!– le dijo la muchacha.

–No hija, esto se pone malo, se me ha roto la fuente, y los dolores me han comenzado.

En el rostro de la joven se dibujó el pánico.

–No temas, niña, yo tengo experiencia, éste va a ser el cuarto.

Mientras, las trompetas parranderas se abrían paso con su TA TA TA TA TA TA TA TA TA RA, y los clarinetes contestaban TA TA TA TA TA TA TA TA y desde las bocinas colocadas en el portal de la cafetería del Louvre se oía: «Cuenta la leyenda, que cuando Cronos dio muerte a Urano, unas gotas de la sangre derramada cayeron sobre las olas...», Saturnina seguía con contracciones, que ahora no demoraban más de dos minutos entre una y otra y su intensidad era de más de cuarenta y cinco segundos. Saturnina no pensó más en el barrio, el parto era inminente y colocada en el trono que serviría para la diosa, se acomodó lo mejor que pudo. Ya la carroza había doblado el estrecho más difícil, el que media entre una esquina del parque y la iglesia mayor. "El siempre victorioso barrio del Carmen presenta su carroza «El Nacimiento de Venus»".

Cinco palomas luminosas surcaron la oscuridad de la noche y ocho morteros reventaron encima de las cuatro palmas del parque. De pronto, por medio de un resorte hidráulico se abrió la concha, y ante los ojos asombrados de miles de personas, Saturnina, en un pujo incontenible, parió. La gente no se cansaba de gritar: ¡Qué fenómeno!, ¡Apretaron!, ¿Cómo han podido hacer eso? ¡Es como si fuera un parto de verdad! ¡Se la comieron! ¡No hay quién nos gane!

Pasado el dolor final, todavía con la placenta dentro y el cordón umbilical unido a su hija, Saturnina se dio cuenta que había ganado; que su fortuito parto le proporcionaba el triunfo a su barrio, y entonces tomó a su hija de las alfombras que rodeaban el trono de Afrodita y alzándola ante la multitud, como mostraría un rey a su descendiente, Saturnina dijo:

—Esta se llamará ¡Victoria del Carmen!

Nota: Las Parrandas de Remedios, son una fiesta tradicional cubana, surgida en un antiguo pueblo cubano llamado San Juan de los Remedios. Y que fueron declaradas por la UNESCO en el 2018, Patrimonio Cultural Inmaterial de la Humanidad.

BEYBIS YANETH MARTÍNEZ

Hablar de Beybis Yanet Martínez, es hacer referencia a la risa, al buen humor, sí, estas son algunas de sus grandes cualidades.

Ella nace el 12 de enero de 1976, en la ciudad de Valledupar, Dpto. del César en Colombia. Allí vivió por 2 años y medio por que sus padres regresaron a la ciudad de Sincelejo. Para entonces, sus padres se separan y ella y su hermano menor quedan al cuidado de su madre.

Desde niña fue muy inquieta, despierta, curiosa, siempre queriendo saber más. Situación que le causó dificultades con su madre y algunos profesores escolares.

A la edad de 14 años se despierta en ella el deseo de prepararse para entender la mente y tener herramientas para ayudar a la gente. A escondidas de su madre se inscribe en un curso de Parapsicología.

Pero estos estudios no perduraron, su madre lo relacionaba a cosas paganas y ella no tenía donde esconder todo el material que debía estudiar. Al poco tiempo se lee todo un libro de "Interpretación de los Sueños."

Y una vez más, a escondidas de su madre,

interpretaba los sueños de sus amigas, siendo muy acertada en esto.

A la edad de 18 años (1994) quiso estudiar Comunicación Social o Periodismo. Pero su madre no pudo apoyarle económicamente y decide estudiar en su ciudad, Tecnología de Sistemas. Se le abren puertas laborales en dos colegios de la ciudad, como profesora de informática.

En el año 2000 lograr iniciar sus estudios en Psicología. Se casa en matrimonio católico en el 2003. En marzo de 2005 obtiene su título como profesional en Psicología, y un mes después nace su primer hijo. Posteriormente, en el 2011 tiene su segundo hijo. Es en el año 2015, se muda con su familia a los Estados Unidos donde inicia su verdadero despertar. Donde estudia Programación Neurolingüística y Psico Genealogía. Más adelante continúa con otras formaciones en Glándula Pineal, Radiestesia, entre otras.

Ya en Colombia nuevamente, el año 2020, realiza talleres y conferencias online. Y comparte con familiares y amigos todo este conocimiento.

Hoy, por hoy, sigue estudiando todo lo referente al ser. Entendiendo la vida, como un aprendizaje continuo, con grandes proyectos, aún por desarrollar.

LA OLA DENTRO DEL OCÉANO

Es la historia de una "ola" que ha vivido siempre sumergida en el océano, pero estaba dormida y no veía la gran riqueza que la rodeaba. Es decir, la abundancia de su existir. El océano la acariciaba con su brisa y le decía: –Despierta, despierta mi bella ola.

La hermosa ola, un día tuvo un sueño, en el que, un rayo de una tormenta la despertó. Y el océano, en ese momento le recordó que ella era parte del él, que era una ola, y tiene todas las cualidades y la grandeza del océano como: –Mucha sabiduría, fuerza, luz, paz, inteligencia, prudencia, amor, ternura, seguridad y riqueza.

"Ella está dentro del océano y el océano está dentro de ella". Lo tiene todo, y esa hermosa ola está allí. Ahora feliz, la ola ya reconoce la inmensidad de su grandeza. El océano ahora feliz, abraza con gran ternura esta ola, pues es igual a él. Y hoy están ola y océano, sonrientes.

Mmm… ¿Qué te diré? La verdad, yo siempre he mirado alto, logro alcanzar lo que mis amigos no pueden, veo lo que otros no ven; en fin, claro que estar en éste paraíso, no siempre fue tan sencillo para mí. En mis inicios, casi todo fue difícil, era una jirafa pequeña, frágil, sin manchas y estaba sola, bueno por lo menos eso creía, porque dice mi amiga la lechuza, a quien extraño y no veo desde que decidió viajar por el Mundo, que todos tenemos un Ángel que nos guía, nos cuida y nos ayuda... Ja, ja, ja. ¡Vaya, vaya! ¿Sería que mi ángel estaba de vacaciones todo ese tiempo? –Sí, sí, ya entendí tu gesto. Tranquila, sólo era un chiste, olvida lo que dije.

—Bueno, es que no acabo de comprenderte. Tú, que vuelas tan alto como tú así quieras, no deberías estar triste, ni caminar como derrotada. Y es que en verdad no he conocido otra Águila que tenga un vuelo mejor que el tuyo, si hay alguien que admira tus grandes habilidades, esa soy yo. Pero bien, entiendo que quieres ayuda, valoro que la busques en mí; yo conozco un ser de luz extraordinario, maravilloso, lleno de tal sabiduría, que seguro tendrá para ti la respuesta que buscas.

Te enviaré a donde está Grigori Grabovoi, irás con la señora Mariposa. Ella estará dichosa de llevarte hasta allá… sólo pide que la lleves en una de tus alas, pues anhela contemplar desde lo alto, la hermosura de éste paraíso. ¡Ah, algo más! La señal que les dirá que han llegado, será el Arcoíris que verán tan hermoso e imponente como su pintor, Jesucristo. Sí, seguro no lo sabías, pero Él, es el autor de semejante belleza. Porque algo tan bello, siempre viene de algo semejante.

Ahora debo partir, el tigre me espera en lo alto de la ladera, quién a propósito, ahora es médico; todos lo conocemos como el mejor vidente científico de este lugar, pues todo lo que él hace, es a otro nivel. Me voy deseosa a estudiar, pues hoy aprenderé con él, cómo resurgir de las cenizas como el Ave Fénix. !Ah… en otra oportunidad deberías ir conmigo, querida águila! Adiós. Por favor, querido gato, cuida de mi recinto hasta mi regreso, ya traeré algo para ti y recompensaré tu lealtad y cariño conmigo.

Edilma, gracias por esta oportunidad que me das, como despertando mi creatividad en la escritura. Gracias, gracias, gracias.

IRINA MOKRUSCHINA

Experiencia laboral y de viaje en Estados Unidos, Reino Unido, Canadá, Nueva Zelanda, Países Bajos, Israel, Japón, Corea del Sur, China, Hong Kong, España, Argentina, Croacia, Francia, Suiza, Alemania, Serbia.

Irina Mokrushina se graduó de la Universidad Estatal del Lejano Oriente en Filología Romana y Alemana, trabajó en diferentes instituciones educativas, y con su negocio de idiomas y consultoría. Irina también ha estado durante mucho tiempo involucrada en diversas enseñanzas espirituales, y prácticas. Ha visitado muchos lugares sagrados alrededor del mundo. Actualmente trabaja por cuenta propia, traduce, ofrece consultoría de éxito empresarial y de vida.

Cuando Irina encontró la Enseñanza de Grigori Grabovoi sobre la salvación y el desarrollo armonioso a principios de la década del 2000, inmediatamente quedó impresionada por su profundidad, llevó a cabo los eficientes métodos de control enseñados por Grigori Grabovoi. Luego comenzó a trabajar en:

Grigori Grabovoi DOO Beograd Ogranak Education Center for Education Program on the Teaching of Grigori Grabovoi en el 2015.

Irina transfiere las Enseñanzas de Grigori Grabovoi de una manera clara, estructurada y práctica, como lo demuestran los comentarios de los participantes de los seminarios y seminarios web.

Los talleres con Irina son profundos, porque utiliza sus *habilidades de clarividencia* e intuición para enriquecer el proceso educativo y dar atención personalizada a cada participante.

"Me gustan mucho las palabras de Grigori Grabovoi, "Donde una persona es consciente de Dios, la transmisión es muy simple. El mundo da control, y se convierte en una persona activa y acogedora".

Los invito a unirse a este increíble mundo de descubrimientos, creatividad y amor en todos los aspectos de estar en las páginas web de este increíble sitio web de EAM Publishing, la editorial de Edilma Angel Moyano." Y en Global8system.ccom

irivasan@gmail.com

GORNY ALTAI - MONTAÑAS DE ALTAI

2023

Un examen espiritual en la taiga

Por Irina Mokrushina

Todos los días tomamos clases y exámenes.

Yo escuché de un sacerdote y también lo leí en algún libro, que los maestros espirituales, en el camino de su formación deberían tomar un curso de supervivencia en el bosque. Lo que no esperaba era que me sucediera a mí y en forma tan natural.

Un día decidí recolectar hierbas en la taiga[2], recuerdo que al salir de casa, le pedí a mi ángel que me acompañara en mi camino a la taiga. Tomé mi bicicleta y me fui hacía la taiga para recolectar hierbas. El suelo estaba húmedo, después de una lluvia del día anterior, pero los pastos estaban secos. Entré audazmente en un gran campo, mientras hablaba por teléfono con una amiga, mostrándole la belleza y la riqueza de la naturaleza del campo y las montañas de Altai.

---

[2] **Taiga** o bosque boreal es la palabra que se usa para identificar a un determinado ecosistema, el de las grandes masas forestales de coníferas que se extienden por las regiones más septentrionales del planeta, en la frontera de los confines del Ártico. La palabra taiga es rusa, aunque procede de la **lengua yakuta**, hablada por varias tribus túrquicas de Siberia. Su significado es «territorio deshabitado» o «territorio de bosques».

Estaba buscando la hierba de sauce, la cera completa, pero también encontré la hierba y el tomillo de San Juan, así como otras hierbas y plantas maravillosas. Andaba con bastante libertad mi bicicleta, pero como la hierba estaba alta, no me di cuenta de cuando crucé la carretera principal, que estaba cubierta de maleza, y me adentré más dentro de la taiga. Pronto me di cuenta, que yo iba cuesta arriba. No tuve preocupación, ya había huellas de las ruedas de mi bicicleta sobre la hierba.

Seguí en la recolección de hiervas, y al querer regresar, Crucé dos veces un arroyo, creo que en circulo, buscando el camino, finalmente, pude ver una arboleda de abedules jóvenes al frente a mí, pero ni un solo rastro de las ruedas de mi bicicleta sobre la hierba. Y entonces me di cuenta de que estaba perdida. Internamente, entendí que debía salir, pero no sería fácil; especialmente porque la cadena en la bicicleta se desprendió, yo la conducía en la rueda delantera.

Lo más desagradable fueron los mosquitos y varios insectos que volaban atacando mis manos que estaban descubiertas conduciendo la bicicleta. Al principio, hacía movimientos y los retiraba, y luego les dejé de prestar atención, la sangre corría por mis manos yo estaba limpiando mi sangre y no persiguiendo a los insectos. Para protegerme la cara, me puse una hojas de helecho debajo de mi gorra, me protegieron la cara y el cuello.

Miré el móvil, sólo le quedaba un 9% de carga. Hice la primera llamada a un amigo, para informarle que estaba perdida, él vive muy lejos, me dijo que me cambiara la camiseta al revés y hablara con la dueña del bosque, pidiendo protección, lo cual hice.

Yo recuerdo que Justo antes de este evento, estudié el trabajo de Grigori Grabovoi (*Grigori Grabovoi's Teaching about God* – Las enseñanzas acerca de Dios. El Control del pronóstico a través del control del futuro), donde se habla de la multi variedad y pronóstico. Usé el 7193718 y 71931.

Entendí que tenía muchas opciones para salir de esta situación. Puedo decir, que incluso entender esto me dio una gran confianza.

La siguiente llamada que hice fue al hijo mayor, que también vive muy lejos, él me aconsejó, que ahorrara la batería del teléfono, le dije que me ayudara a resaltar el camino. Grigori, tiene esa tecnología: Si alguien está perdido, necesitas iluminar el camino desde su casa con tu Alma y el amor, y la persona llegará por este rayo de luz. Mi hijo no conocía esta tecnología, pero su Alma lo sabía y ayudaba.

Me senté y traté de calmarme, por supuesto, y buscaba las pistas para poder regresar, pero no era fácil hacerlo en la hierba. Entonces sonó el móvil. Un hombre me llamó y me preguntó:

- ¿si yo le había hecho una llamada? No lo reconocí como un amigo y le respondí que no, que no lo llamé, pero seguí hablándole, que la carga del móvil terminaría pronto y que estaba perdida.
- ¿Qué ves frente a ti?
- Una gran montaña en frente a la izquierda y unas montañas con tres crestas en la distancia a la derecha.
- Vea al norte. (Recordé mis años escolares que el musgo crece en el lado norte, pero no vi musgo en los árboles). Y le respondí
- No, sé dónde está el norte. Luego yo pregunto:
- ¿Dónde está el sol?
- Está brillando a mi izquierda. Entonces dijo:
- Tienes que caminar, sintiendo que el sol brillara te da en la parte posterior de tu cabeza, ya salgo a encontrala.

Yo seguí las indicaciones y así atravesé la hierba sin senderos, llevando la bicicleta conmigo a rastras. Me decía a mí misma; que bueno que hice mucho ejercicio físico este verano.

Encontré otro arroyo en el camino, pero cuando lo empecé a cruzar, mis pies comenzaron a hundirse en el fago, como si fueran arenas movedizas, me reí, preguntándome si la famosa película había sido filmada aquí. Mientras cavilaba y andaba, me pregunté ¿qué suceder cuando se tiene una situación estresante? Inmediatamente esa pregunta me calmó, me concentré, y apareció el humor y las risas.

Seguí caminando llevando la bicicleta, cuando encontré una densa arboleda frente a mí; de nuevo y tuve que mirar dónde pisar. Era imposible respirar con la boca abierta debido a los insectos. Este verano hubo una fuerte ola de calor, que afectó los animales, las aves, plantas y el agua, eso hizo que se provocara una gran cantidad de mosquitos.

Vi dos abedules delgados y un álamo temblón. Este verano aprendí que, si te paras debajo de un abedul, te quitarás las penas. Me paré entre los abedules y les pedí que me quitaran la tristeza y les di conocimiento sobre la vida eterna (el que estudia las obras de Grigori, es el portador del conocimiento sobre la vida eterna y puede transmitir este conocimiento), puse mis manos en los árboles y comencé a moverme nuevamente. Pronto estaba en la carretera. Estaba cegada por el sol, pero recordé que el señor me dijo, que el sol debía brillar en la parte posterior de mi cabeza. Di la vuelta y estaba caminando, cuando el móvil volvió a sonar, tenía muy poca carga, pero la llamada pasó. Era el hombre que se ofreció a buscarme, y traerme agua, sólo que él no sabía que yo tenía una bicicleta con la cadena suelta.

Luego de un tiempo, vi un carro por una carretera paralela y el conductor me hacía señas. Así nos conocimos. Trajo limonada fresca, la cual me pareció fabulosamente deliciosa.

Resultó que era el hombre a quien le compré crema agria y verduras de alta calidad en el mercado local, yo guardé su número de teléfono para hacerle futuras compras. Y resultó que él era un cazador profesional y era responsable de todos los cazadores en los viejos tiempos, incluso conoció a mi abuelo Trifon, que no trabajó en una granja colectiva del pasado lejano en la época soviética y mi abuelo también era cazador. Sólo tenía un registro en su libro de trabajo "un cazador".

Esos fueron los momentos cálidos de nuestra conversación; Se sintió la presencia del árbol genealógico. Agradecí al hombre, a los Arcángeles, a los Ángeles y a todos los que me ayudaron a pasar esta lección.

Creo que a los niños se les debe enseñar supervivencia, rescate, orientación, formas de ayudar a otras personas, transmitir las Enseñanzas de Grigori, sus métodos y tecnologías de salvación, así mismo transmitirles la experiencia de las generaciones mayores, que son de gran valor.

Me recuperé en un día. He aprobado mi examen con amor, de mi nueva experiencia.

MARÍA MORENO

Nació en Bogota, Colombia. Graduada de la universidad Distrital Francisco José de Caldas en la Licenciatura de Educación Preescolar 1990.

Estudio en el colegio distrital Jorge soto del Corral y en la universidad Distrital Francisco José de Caldas donde se gradúo en Licenciatura en Educación Preescolar a mediados de los 90's.

En 1993 empezó su carrera como docente, la cual ejercería por aproximadamente una década; hasta cuando por motivos ajenos a su voluntad debió salir del país y radicarse en Los Estados Unidos de Norte América (USA).

En Estados Unidos, María encontró refugio en las letras y su nueva pasión el Yoga, esa disciplina despertó gran interés en ella y decidió inscribirse en el Instituto Fort Lauderdale de Miami, en la clase de Lógica del Yoga para Niños. Es así como María integró sus habilidades y el conocimiento adquirido en Colombia a su nueva vida en los Estados Unidos.

En el 2002 María se traslada definitivamente a Toronto Canadá. Este hermoso país le dio la oportunidad de legalizar su estatus migratorio y le brindó la posibilidad de estudiar inglés. A su llegada María se vincula con la comunidad Latina radicada en Canadá; participa en grupos de mujeres y apoya a organizaciones sin ánimo de lucro de la comunidad.

Escribir es una herramienta valiosa para la autora, le gusta escribir poemas, cuentos y prosa, donde plasma sus opiniones, sentimientos y visiones.

Descubre Tu Ser es su primer libro publicado, un tema sobre el desarrollo personal; es una visión personal de la vida y su idea de Dios. Es un libro inspirado que le "llegó" a María, al respecto ella dice:

"Escribir *Descubre Tu Ser* fue como si tuviera un lápiz mágico de tinta, donde las letras se escribían así mismas, un lápiz mágico de esos que todo escritor quisiera tener"

Amigo Lector lo invitó a incursionar en este maravilloso libro y ahondar en estos conocimientos trasmitidos a María.

OTROS LIBROS DE LA AUTORA:

Sin Escape
Lazos Familiares
Un besos Mil Abrazos
Valija
Una Boba Hermosa
Triple XXX

Libros publicados en D'har Services Editorial de Arte Global

EL HIJO DE RORA

Estaba en mi oficio hilando lana, cuando vi venir al par. Venían juntas y vestidas de fiesta. Las vi desde el ventanal como si fueran el dúo fantástico, una dilatada y una larga, una corpulenta y una escuálida. Venían por la calle de las Espinas sonriendo entre dientes.

Las vi llegar y me oculté; sabía lo que andaban persiguiendo y lo que buscaban. Por eso me di prisa en correr hacia el fogón, a poner agua a hervir. Ellas entraron y dieron conmigo. Dijeron: –Pola aquí estás y das pena. ¿Y cómo es eso, de andar en modo ahorro pito, no te favorece?

–¿Qué pasó? –les dije yo.

Estaba aumentando el agua, para no darles la cara, pero se fueron acercando más. "Dúo de andrajosas", pensé. Silenciosas, se aproximaron hasta quedar cerca de mí.

–Estábamos preocupadas por ti, Pola, –me dijeron. Desde hace una semana queríamos venir sólo para verte, supimos que estás sola, pero tú tienes que rehacer tu vida.

–¿Por qué, acaso hice algo malo o algo que las afecta? Les cuestioné.

No, me respondieron al unísono.

–Pues dejen de sufrir por penas ajenas, –les dije mientras pensé: Dúo de feas, feas y chismosas.

–¿Penas ajenas? ero si a las claras se te nota que tocaste fondo – dijeron.

–Bueno, bueno, ahora que están adentro, díganme, ¿qué quieren saber? –Les dije mientras pensaba en aumentar el agua.

—Es que dicen que quieres que cuide de ti, que eso es lo que te urge, porque estás desgarrada y que no dejarás las cosas de ese tamaño.

Yo, ya sabía que a eso venían, podía hasta haberlas recibido con la frase: "El mundo animal es muy grande". Pero me hice la desentendida.

—Pues sí, Pola, por fin hemos venido y que bien que vinimos, y no creas que vinimos por puro compromiso.

Las convidé al comedor para que se sentaran. Les pregunte si tenían sed o si querían café con pan. Ellas se sentaron y dijeron que el café estaba bien sin pan. Les traje dos tazas de café con cuatro panes y se los comieron. Luego les traje galletas y se las volvieron a comer, entonces les serví más café.

—¿Y por qué les preocupa mi estado? —Les pregunté, mientras pensé: "Al hombre perro, le toca mujer tonta".

—Nos ha costado ubicarte desde que te abandonó, y estábamos preocupadas pensando que su ausencia te volverá loca.

—No se preocupen, no quiero ver a nadie, ni quiero calumniar a mi ex. —Les contesté.

Yo no podía estar en paz, quería ir al fogón otra vez. Oí el agua hervir y les dije: —Voy a ojear el fogón, tengo agua hirviendo. Y me fui a la cocina y le eché más agua a la olla. —Viejas jodidas, pensé, me pusieron en friegas. No sabía cuánto se iban a tardar, entonces regresé y me preguntaron sin más largas.

—A dónde crees que fue?, ¿crees que se fue con otra? Me lo preguntaron con sequedad.

—No tengo ni la menor idea, pero lo esperaré, así la espera se convierta, en el aire que respiro. Porque estamos matrimoniados por la ley de Dios. —dije y agregué: —Y ya no me hagan desconfiar. –Luego las miré con ira y añadí: –La espera no me enloquecerá.

–¡Con que lo esperaras! Me dijeron, mirándome con ironía, pero sonriéndome con suavidad. Pues mi astucia les causaba asombro. Parecían animales acorralados, y aunque estaba aturdida por la repugnancia que me causaban esas indias, no podía echarlas a la calle con todo el asco que me causaban.

–Pues sí, si lo esperaré y lo perdonaré. ¡Pero que latosas son ustedes! ¿No ven que la idea de la reconciliación es mi ilusión, y con ella la decisión de reanudar mi votos matrimoniales? –Dije, y les pregunté si querían más café. Y me fui otra vez a la cocina, a poner más agua a hervir. Cuando regresé, se abrió la plática.

–Pola, ¿luego no estabas aburrida con él, come… aquél? –Me preguntaron, mirándome con rencor. Yo las observé con el rabillo del ojo.

–A ese, a ese yo no lo llamaba come… sino, descorcho.

–Pero es que no agarran ni una, –les dije, y moví la cabeza de derecha a izquierda para desorientarlas.

–Descorcho, –contestaron sombrías.

–Si, descorcho, porque cada vez que alguien nos visitaba, descorchaba una botella. –Dije asustada de mis propias palabras y mirando a mi alrededor, para cerciorarme que era el miedo lo que veía y lo que me hacía hablar, y no algún espíritu vengativo.

–O sea, que era alcohólico. –insistieron, pequeñas y desmenguadas.

–No, alcohólico no, él no tenía religión, más bien era un catavinos, porque le ayudaba en la iglesia al cura en tomarse el vino, –contesté, porque no me iba a achicopalar por un simple miedo.

–¡Ay, Pola! ¿De veras?, ¿no será que calumnias a tu exmarido porque eras muy desdichada. Se produjo un silencio largo y asombroso: Yo era una desdichada, y ellas me lo decían con esa tranquilidad y esa voz de sabelotodo. Sentí que debía contestar algo, para evitar que siguieran observándome con sus ojos inquietos, mientras de sus labios colgaba una sonrisa fija.

–Ajá, más de una vez, el cura hizo la misa con Red Bull.

–¡Ay, pobres feligreses, y mira Pola, ¡cómo era tu vida matrimonial!

Querían simular que les parecía natural que mi ex se robara el vino de la iglesia, pero seguían observándome y riéndose en silencio, sólo con la mueca de sus labios, como si estuvieran ocupadas oyendo algo que yo no escuchaba.

–¡Mi vida matrimonial… mi vida matrimonial…! Mi matrimonio era, como la pulverización de alguien que se incineró salvando una víctima en un incendio. –En ese momento, me dieron ganas de regresar al fogón a ojear el agua porque intuí, oír sus pensamientos.

–Pola, tu ex, fue el bombero que apagó tu fuego –dijeron con su mismo sonsonete desmenguado.

Viejas cotilleras, pensé, avanzando mentalmente hasta ellas.

–No, chachas, que va, era mi sol. –Les dije sintiendo que el miedo era un mal consejero.

–Por eso estás decidida a no remplazarlo, porque era el rayo que alumbraba tus noches. –Agregaron. Las dos intrusas, supieron que estaban sentadas frente a una mujer de la cual no sabían nada, en una casa ajena, aislada del pueblo, con unos muros rústicos y un piso que apagaba cualquier estruendo.

–¡No, no, que va, chachas! Pero es que no agarran ni una. Era mi sol porque me achicharraba, mírenme, parezco carbón. No ven que cuando lo vi por primera vez, era una flama que vestía botas; al caminar sacaba lumbre; llevaba en la mano un cigarro y con él ahumaba la nariz, y sus fosas nasales humeaban.

Eran las tres de la tarde y yo comencé a erizarme y a decir: "Ahí está, ahí está". Enseguida él me vio, y comenzó a acercárseme. De sus ojos saltó un resplandor, luego me comenzó a chispear y comencé a temblar. En ese tiempo, me llegó la menstruación.

–Ellas me miraron con fijeza, parecían muy conscientes de mi ensimismamiento, y se regocijaron.

Sentada frente a ellas, agazapada como un pequeño insecto para ocultar las chispas de malicia que mis ojos dejaban escapar, continué: –Ahí tuve mi primera menstruación, pero me hinché toda y a los tres días de sangrado, mi ex me trajo a esta casa, me dejó y se fue, y por tres semanas no supe nada de él. Pero eso no lo supieron mis familiares.

–Por lo que veo, Pola, no te fue muy bien con tu ex… Tal vez, por lo regio que era, lo recatado y lo guapetón… ¿Y para dónde se iría?, ¿y estará solo?, ¿o ya habrá conseguido otra brasa mojada?

Ellas detuvieron la preguntadera para espiarme. Yo no sabía cómo corresponder a sus miradas, bajé los ojos y esperé, guardé silencio con turbación. Presentí que las visitantes me hacían confidencias, movidas por un interés que yo no alcanzaba a adivinar. Tenía que impedir que continuaran con la preguntadera.

–¡Otra brasa mojada! Chachas, las chismosas no se cansan de preguntar siempre lo mismo. Estaba matrimoniada con el mismo demonio, pero él decía que yo era la que lo tenía aburrido, les dije.

–Pola, ya no nos cuentes más, es mejor olvidar. Y bueno, a lo que vinimos, ¿intentaste detenerlo?

Hice otra pausa, no me sentía con fuerzas para decir nada, la voz de las intrusas y el silencio de la casa me agobiaban. ¿Qué querían de mí?, ¿por qué me miraban así? Eran unas zorras.

–Y vuelve la burra al trigo, él era un come … –al decir esta frase, sus rostros adquirieron rasgos ofensivos; me arrepentí de haber sido suave en mi trato con ellas, no merecían sino rechazos. Las miré y me sentí segura, atrincherada en mis derechos. –era un come… porque mi ex, era el Yoyo de treinta y seis años en el momento de los hechos; que nació luego que su madre, Rora, luchara por mucho tiempo con tratamientos de fertilidad.

–Es que no entendemos nada, Pola, su mamá Rora, ¿luchó por tenerlo? Preguntaron otra vez, con dureza. –Al decir esto, sus ojotes se iluminaron, carecían, –como la mayoría de las solteronas–, del sentimiento de cargo de consciencia.

Las miré con ironía: –Chachas, pero es que no agarran ni una, les repetí. ¿Qué les digo? Que tomó el tratamiento de fertilidad más común, afirmé rascándome la cabeza. Luego levanté los ojos al techo y añadí: –Yo me quedo boba. Así les dije para que me hicieran caso y me di golpecitos en las sienes con ambas manos, mientras les decía para mis adentros: "Ya van a volar, palomas". –¿El más común? Me preguntaron con un movimiento tosco, e hicieron el ademán de no estar entendiendo. Había olvidado sus maneras infantiles y sus ojotes brillaban confusos: –Sí, el más común, les repetí.

● ● ●

–Miren, les voy a repetir otra vez, presten atención, tomó el tratamiento de fertilidad más común, ese de darse diariamente inyecciones varoniles para poder tener hijos.

–¡Cómo que inyecciones varoniles! –Preguntaron levantando los ojotes y los fijaron en los míos, luego se rascaron las cabezas para ahuyentar un pensamiento, y volvieron a fijar los ojotes en los míos.

Por unos segundos me extravíe en mis recuerdos, pero luego les dije: –Pues la cosa estuvo así, su madre, suya, de él, tuvo una noche alucinante un tipo la invitó a cenar, fue con ella a su casa, suya, de ella. Se acostaron y la inyectó. Lo raro fue que cuando se levantó en la mañana, se había ido el tipo y le había dejado un sobre con cien mil pesos.

–¿Qué dices Pola? ¿No lo habrá amenazado con el aviso de que se tenía que matrimoniar con ella? –Sus ojotes volvieron a esconderse en una mirada pícara y sonrieron afables.

–¡Que no! Les dije, dándome cuenta de su interés, por lo que les quise dar detalles… –Aunque seis meses después, nació el Yoyo y fue un milagro en todo sentido, porque después que Rora se inyectara tanto, logró copiar las jeringas.

–Entonces, Pola, la copia de tu exsuegra es tu azote. –Dijeron, dándome la impresión que eran ridículas.

Me irrité, porque me miré con los ojos de un tercero. Dos ridículas fisgoneándome y confabulándose en mi comedor, al tiempo que dos ollas hervían agua sobre el fogón. Me eché a reír y las miré con mofa.

–¡Mi azote, válgame Dios! Me van a chiflar, mi ex tenía una inflamación testicular, y esa inflamación fue mi acabose, porque con esa hinchazón apareció mi infertilidad, pero eso es harina de otro costal.

—Pero Pola, tu conociste a Yoyo por medio de una agencia matrimonial, ¿no?

Con ese comentario descubrí que había una lógica en su conversación, no les importaba lo que contara, lo único que les importaba era abrir la puerta por donde se había escapado su patrimonio. Me despreocupé.

—Sí, por la mejor. Por la de caballeros solventes y ejecutivos que sólo se casan con señoritas de alto nivel como yo.

—¿Pola, eres de alto nivel?

—No, eso es un decir, aunque le agradezco al Yoyo que se haya matrimoniado conmigo, pero eso no quita que él fuera el vivo demonio y que lo siga siendo donde quiera que esté.

Ellas fueron al baño y aproveché ese momento para ir a la cocina y poner más agua a hervir. Cuando regresamos las tres al comedor, les pregunte si querían más café. No queremos más café, me dijeron.

—Pola, así que encontraste a tu media naranja por medio de una agencia. —Me repitieron con palabras recogidas y con un tembleque apasionado. Sus ojotes se habían llenado de nostalgia, quedaron ensimismadas. Frente a ellas, mis ojos las observaban inútilmente. Me miraron con intriga.

—Si, aunque yo quería un cerebrito y ellos sólo me consiguieron un hombrecito.

—Es que ellos no sabían que tú estabas aburrida de aplanar las calles en busca de trabajo. Pero sé que nadie aplica en una agencia en busca de pareja, cuando goza de belleza. Así es como empieza el desprecio, lo demás, lo hacen los malos consejeros. Y aunque en apariencia, tú no tenías ningún desespero, ellos saben que cuando una mujer no está en sus cabales, hace una barbaridad tras otra –Lo dijeron en voz baja, con todo y eso, alcance a escuchar el comentario completo.

–Perdón. Contesté enrojecida más que confundida; sobre todo porque yo ya no me hallaba en esa casa, donde había pasado tantas penurias, y además, yo la reconocía como mi casa. Las escruté y las miré con recelo, luego agregué: –Pero mi casamiento con el Yoyo fue una boda preciosa, y no estoy jugando a la incomprendida como hace muchos años cuando tuve un galancito que me invitó a New York y me dijo: "–Necesito que vayas al barrio chino e intercambies estas bolsitas blancas por unos dólares, agarres cualquier bolsa de papel arrugada del piso, embolses ahí los dólares, y me busques sin ver para atrás".

Era extraño verlas tan interesadas, mientras yo evocaba mis tiempos de puritana. De pronto, se animaron y preguntaron: –Pola, ¿pudiste intercambiar las bolsitas?

–Miren… que les digo … –Volví a ensombrecerme y a sentirme turbada…

–¿Disculpa Pola, ¿entonces buscaste al galancito con la bolsa arrugada en New York? –Sus caras se sonrojaron al decir esto, se veían muy roja con los rostros surcados de arrugas y la piel seca por el polvo.

–No, lo que pasó fue que me raparon la bolsa por atrás.

–¿Y quién, Pola? –Sus voces se cortaron con el suspenso del rapón, pero no se quedaron suspensas.

–No sé, porque como el galancito me dijo que no viera para atrás, pues miré para adelante a ver si veía quién me había rapado la bolsa.

–¡Qué inseguridad, la que hay en New York…me imagino el susto, Pola! ¿Buscaste a tu galancito, cómo él te dijo? – Preguntaron.

Para ellas, el cotilleo significaba ampliar sus conocimientos. Preguntaban de mis evocaciones, como otros murmuraban de sus logros. Y como sus riquezas y sus juventudes estaban perdidas, mientras yo, en mis recuerdos, regresaba a mi inocencia, pues, sus rostros se volvieron en hostiles.

–Si, pero como era la hora pico, creo que se atascó.

–Tuvo que ser duro, ¿no? –Ellas se irguieron de un salto, se pusieron en guardia, y me miraron con fijeza.

–¡Cómo que duro! ¡Les estoy diciendo que fui incomprendida!

–No Pola, te estamos diciendo que tuviste que pasarla muy mal.

–Ah sí, estaba en New York y creí que me iba a morir; vi mi corazón desangrar por el intestino.

–Pola, se te desangró el intestino y todo, en New York –Se volvieron a sentar, mirándome.

–Bueno, fue desagüe intestinal, aunque la diarrea fue fluida.

 No sé por qué les contaba mi historia, me volvieron a mira; me espiaban el pensamiento.

–¡Claro, diarrea por el susto! –Exclamaron al unísono.

–Chachas, ya no le prendamos más velas a mi intestino, –dije, para ya no seguir recordando y me erguí un poco, mientras pensaba que me querían obligar a confesar los pecados. Pero mis pecados eran nada más para mí, porque eran pesados.

–Pola, entonces, volviendo al tratamiento de Rora, ¿tú fuiste la dueña del milagro que nació de sus jeringadas, verdad? Me dijeron sin aliento, deteniendo mi relato ya observándome con miradas furtivas, porque estaban muy pálidas.

No sé, a dónde querían llegar las intrusas, pero sentí que el corazón me latía con fuerza, aunque no me atreví a llevarme la mano al pecho. Impaciente, esperaba el final de la visita.

–¿Qué dicen? De nada me sirvió ser su dueña, si él desvirgaba a cuánta falda se le presentaba; siempre estaba buscando ingenuas –Guardé silencio y las miré.

–Eso dices, Pola, porque no eras virgen cuando te matrimoniaste.

El silencio cayó entre las dos mujeres, y el comedor se pobló de entes que habitaban el aire con murmullos secos.

–Es que su padre me descascaró para comprobar mi virginidad, y el Yoyo lo sabía. –Murmuré entre dientes.

–Pola, no tienes por qué recordar eso.

–Cada vez que me acuerdo de mi suegro, me da unos trembleques... –Les dije, buscando en mi memoria un gesto banal para dirigírselos, porque petrificadas con sus propias palabras, me miraban alucinadas.

–¿Qué pasa, no era buen suegro?

–Miren, mi suegro era lengua ancha, contesté rápidamente. Porque para mí, el pasado ya no existía, nunca volvería a ser lo que había sido...

–¿Era chismoso? –Preguntaron mientras permanecían inmóviles, como mirándome desde muy atrás de los años.

–No, tenía macroglosia, expresé sintiendo angustia existencial.

–¿Macro, qué? –Repitieron.

–Chachas, pero no agarran ni una... Macroglosia. Y era gordo, pero gordo, gordo, y miren, les dije con la voz vaciada por la angustia, consciente del silencio inmóvil y del agua hirviendo sobre el fogón: –Él, cuando subía al segundo piso, llegaba dos horas después. Pensé que se reirían de mi exsuegro, pero no fue así.

–¿Pero, tenía buen carácter?

–¡Ese, ese era un bicho malévolo! Una vez lo picó una víbora y siguió vivo. Sin embargo, me heredó un montón de malos vicios, –dije–, deseando estar sola de una vez por todas y romper la preguntadera.

–No sabíamos que tu exsuegro te había heredado.

–Sí, me heredó eso de querer ser chupeteada a trompicones – sonreí y solté una escupida.

–¡Qué gacho, Pola! Pero hemos venido a otra cosa, a que salgas de tu encierro y te pongas en su búsqueda. Vinimos a ayudarte a encontrar a tu ex, –y con un gesto suave, sus caras se volvieron a enrojecer.

–Despacio, dije. Lo que yo decía antes... el Yoyo es un condenado don juan... él me trató como si fuera su peor... es nada... mejor no quiero seguir hablando de mi vida conyugal.

Pero ellas no se quedaron quietas ni esperaron unos minutos, se levantaron y movieron unas botellas vacías de cerveza, las hicieron sonar, luego dejaron caer los cunchos del fondo, pero ni las botellas, ni los sonidos, ni los cunchos, les consolaron la incertidumbre.

–Pola, pues vamos a buscarlo las tres; al cabo, ¿qué pierdes? Ya eres su peor,,, es nada. –Me dijeron espiando mis movimientos.

—Pero vamos otro día, no hoy, —les dije—, riéndome de ellas, desde un vacío negro a grandes carcajadas inaudibles.

—Bueno, de todos modos, ya oscureció. —Me contestaron.

Logré engañar a mis enemigas y antes que se fueran, las dos me ayudaron a lavar el piso de la cocina con el agua hirviendo, y a mover un poquito más el fogón, arrinconándolo hacía la izquierda. Ni se lo olieron, que allí estaba ubicado el cuerpo sin vida del Yoyo. Ni que se había ido para el otro lado, el mismo día que me confesó que estaba tragado de las gemelas. Porque ellas sí lo comprendían, ya que lo compartían todo. Me dijo que quería el divorcio y que me dejaría en la calle, porque no habíamos copiado jeringas como su madre, Rora.

—¿Por qué no me dejas esta casa? —Le dije.

—Esto fue lo único que mi padre me dejó —me contestó.

—No estoy para alimentarme solita, le dije.

—No estoy para ayudar a harapientas, dijo.

—Date por bien servido, que tu padre me esterilizó, le contesté.

Entonces, entró en cóleras, me abofeteó y sacó de la cajonera todos mis harapos y los tiró al suelo de la cocina. Odiaba mis guisos, más de una vez pateó el fogón caliente con sus botas llenas de polvo. Sí, lo pateaba, aun cuando lo usaba de bodega, debajo tenía un gran vacío que llenaba con sus vicios.

Y ahora, las gemelas me ayudaban a desinfectar otra vez, su derrame sanguíneo, sin sospechar que en el rincón izquierdo, debajo del fogón, estaba su preciado Yoyo. A quién yo me quedaré esperando de por vida. Después, aprendí a pegar baldosas y sácatelas, revestí el suelo de la cocina porque las gemelas tenían razón. Cuando una mujer no está en sus cabales, hace una barbaridad tras otra.

ALEX PAZ

Alexander Mayea Paz, nació en la ciudad de Pinar del Rio, Cuba, y natural de uno de sus municipios, Candelaria.

Llegó a Estados Unidos hace 9 años y desde entonces vive en Miami

Publicó su primera obra literaria PERSIGUIENDO MARIPOSAS.

Publicada por D'har Services Editorial Arte en Diseño Global

CORAL AMANTE

A coro grita su nombre entre mares y barreras
sumergido entre sus aguas, ni en el fondo, ni allá afuera,
respirando muy despacio, en eterna primavera
protegido por su amado de la costa, que lo espera.
Vestido con más colores de los que el mismo quisiera
rodeándolo cada madre, de los bebés de allá afuera,
y lo defiende un gigante con forma de calavera
para quién luce en las noches, sus esporas y pecera.
Casi juntos por milenios, desde que el Mundo naciera,
Él lo ama sin tocarlo y él se muere, si lo hiciera.

MANGLE AMANTE

Y se aferró con sus dedos en el agua más salada
a nutrirse hasta del lodo con su mejor carcajada,
y sin poder respirar ni la más prístina hermana,
dio sus saltos hacia el cielo con su tronco y con sus ramas.

Y en sus raíces más turbias, cual la casa más soñada
juegan pequeñas legiones de la madre, ya cansada.
Nunca ha podido tocarlo y camina por la grava
con el paso de los siglos, con la distancia cortada.
Él lo ve desde muy lejos, con su mirada clavada
lo protege hasta del viento, lo acurruca con su almohada
de las tormentas feroces y de las tierras mojadas,
de los ladrones furtivos y de una cruel arrancada.
Son amantes desde el alba, del ocaso con su aliada,
del silencio, de los tiempos, del amor y casi nada.

PERPETUIDAD

Yo me erguía, desafiando día y noche todo elemento,
antaño, cada ladrillo fundido, hierro y cemento.
Aferrándome a la roca, vigilando el movimiento
de tus furias, las más locas y tus noches de tormento;
y me abrazabas con genio malvado y en mi silencio,
sin ceder un sólo paso a tus truenos y los vientos,
y con dos ojos que alumbran un ínfimo movimiento,
teñí de blanco tus noches de negro mi pavimento.
Y a cada oleada de fuego, venida del firmamento
que utilizaste en mi contra, le hice frente en su momento.
Le di refugio al perdido y coordenadas, por cierto,
a todo aquél que envolviste en tus enojos cruentos.
Y así, en cada amanecer nos abrazamos,
queriendo probar las fuerzas de nuevo y con cada nacimiento,
de las mañanas tranquilas, en las que sigo creyendo,
que tú eres bella endemoniada, pero más linda en silencio.

PATRIA Y VIDA

Caimán bello del Caribe,
lagarto de sierras verdes,
que llevas sangre en tus venas
y el llanto de tanta gente.
Abre tus fauces al cielo
y clama fuerte y paciente,
que nunca estuvo más cerca
y tu libertad ya siente.
Muerde feroz al que miente,
al que roba y asesina,
a tus hijos que desmayan
por el golpe en cada esquina.
Cual un dragón que le escupe
al enemigo su ira,
que nunca más patria o muerte.
Ahora gritas: ¡PATRIA VIDA!

RIENDO

Soy el susurro sutil de un agujero profundo,
por donde asomo a la tierra recorriendo medio mundo.
Despacio cual una arteria arrastrando y recorriendo,
voy vistiendo las praderas con mis salivas sonriendo.
Saludando las palmeras y devolviendo el color
a las flores que sacian a miles hijas del sol.
Llenando lánguidos huecos, despertando los ignotos
que brotaron a mi paso, sus racimos y sus cocos.
Y sanando las heridas que dejara la implacable;
escupo al cielo mi aliento, desatando lo imparable.
Preñado de tantos hijos que di cobijo por siempre,
que escondo para que vuelen con pericia por mi vientre.
Con tenaz arremetida, me abro paso entre gigantes,
derribos troncos podridos, más del bosque un gran amante.
Desato toda mi furia entrelazando las manos,
con las sales de lo inmenso, con la espuma del hermano.
Voluntad de la natura, pero con libre albedrío.
Soy el agua, soy la vida y por un surco me ......

QUIMERA

Ladrón de sueño, llegaste a mi vida de desvelo,
que me he pasado saltando por las estrellas del cielo,
y acompañado gritaste; que querías, lo que quiero,
con tanto cielo por medio, con muchas dudas y miedo.

Y despojado de todo y lo mucho que crecieron
las esperanzas de verte, tan bello como te hicieron,
y me cegaron tus luces, cada noche que mecieron
mis más morbosos anhelos, que con el día murieron.

Y me asomé en la ventana de la angustia y el desvelo,
por la espera que las nubes, te desnudaran de nuevo.
Y te soñé pocas veces, porque nunca perecieron
mis dos ojos que te buscan, como locos que te vieron.

Olvidando tantas veces las razones que volvieron,
oscuras mis añoranzas, amargas cómo crecieron,
como luciérnaga loca a la que nunca dijeron,
qué hay amores que aunque brillan, aún sin llegar ya se fueron.

¡ALMAS!

Se alumbra lo inmenso, fragmentos de cuarzo
que llegan al plano, cual lluvia de marzo.
Se funden las dulces, reencarna en lo alto,
consciencias de luces que asumen un salto.
Y vuelan tan lejos, seguido del parto,
llegando a lo incierto vestidos de espanto.
Privada memoria… mochila en su paso,
cargadas de agrias pericias, si acaso.
Pasando del vientre, naciendo del saco,
caminan los doce del padre zodíaco.
Leones u ovejas rebosan su vaso,
marcando la historia o el triste fracaso.
Se van sin avisos, cumplido su plazo;
de vuelta a lo inmenso, regreso al ocaso.

A TU LADO

Te espero cerca del hueco, donde un día caería
y repitas en mi oído, las mismas frases vacías.
Te espero al lado del roble que encarcela el alma mía,
y que hoy lleva tus hebras, tus sonrisas y tus días.
Te espero en la noche oscura; oscura, larga y sombría,
cuando alumbren los velones, como a ti, lágrimas mías.
Te espero al lado del pozo donde dejé la poesía,
las mariposas más lindas, mis razones y alegrías.
Te espero tanto a mi lado, cómo siento que debía,
decirle adiós, como hermanos, a tu madre y a la mía.

MARIPOSAS CUBANAS

No por gélidos climas, ni calores extremos,
ni por verdes frondosas o por falta de suelos.
No es por sed de venganza, ni el amor, ni los quiero,
pero todas volaron y más nunca volvieron.
Son gusanos de seda, son capullos que hicieron,
inmensa trasformación en el agua y los cielos.
Y batiendo las alas, todas ellas en duelos,
por huir de sus flores de sus padres y abuelos.
¿Dónde van las monarcas? A migrar en su anhelo
de libar nuevos campos, a morir en lo ajeno.
¿Dónde fuiste, esperanza? ¡Ven un día, de nuevo!
¡Sean libres las alas, los lamentos y el miedo!

LLANTO POR GAÍA

Y cortas los brazos que gritan al cielo
con cáscaras gruesas, con hierro y con fuego.
Y plantas comercio y siembras el miedo,
sacuden los mares tu reja y tu dedo.
Y mueren por miles, peligran de nuevo
aquellas especies, en selvas y ruedos.
Y ya no se escuchan los zorros del cielo,
ni frutas viajeras, ni gritos de juego.
Dejaste en reservas privados de suelo,
testigos dichosos del lucro y del ego.
Y cortas aletas o botas de nuevo,
tu estiércol en las aguas, que amo y que bebo.
Y rasgan o cortan el cuerno del fiero,
tus fauces con hambre, de mucho dinero.
Y hieres la madre de todo lo bueno,
que llora sus penas en lánguido duelo.
Destruyes tu Mundo, con el que me quedo
envuelto en cenizas, sin dioses, ni credo.

GLADYS MAGDA PÉREZ

Nací en la Patagonia, Argentina. Me dediqué toda mi vida laboral a la investigación forense.

Mi primera obra literaria se llama "Fractal". Es un compendio de poesías fuera del tiempo.

Hoy me identifico con el maravilloso grupo de seres que trabajan en su crecimiento interior.

Para mí la vida es eterna y cada experiencia un símbolo a interpretar.

LA DUALIDAD

ESCENARIO

El Bosque.... Allí donde las plantaciones son diversas e infinitas, donde la tierra todo lo provee, donde la vida está presente.

ÉPOCA

Aquella, cuando lo leas.

ENSEÑANZA

¿Despertar tu observador interior? Pero... ¿Alguien le puede enseñar algo, a alguien?

La dualidad, es la circunstancia dispuesta por cada uno de nosotros, para poder experimentar aquel lugar, donde por propia decisión nos encontramos en nuestro camino.

PERSONAJES

LECHU YO. SER DE LUZ. O sea, todos, absolutamente todos. Porque cuando despiertes descubrirás que eres, simplemente, eres.

CAPÍTULO I

LECHU –Buenas noches. Soy Lechu, la reina de la penumbra, tú, ¿quién eres?

LECHU –¿Te llaman, ser de luz?

–Yo creo que no podré ser tu otra cara, amigo, no soy la oscuridad. Soy la reina de la penumbra, ese espacio de sombra débil entre la luz y la oscuridad, donde nadie podrá definir la zona en que se encuentra, jamás.

–¿Sabes? Me han dado muchos nombres: La bruja, La oscura, Silbido, La Yeta o Mala Suerte, Hija del Diablo, y muchas cosas más.

–Después de tanto peregrinar con nombres adjudicados, pude saber que en cada nombre o en cada poder que me han otorgado, me han regalado mejor y mayor calidad de vida. ¿Y sabes por qué?

–Porque cada uno, al denominarme, al pensar en mí, al calificarme, sacaba de sí mismo mucha energía y me la entregaba, cada una de sus denominaciones se sustentaba en: Sus *creencias, *miedos más profundos, *sus deseos más oscuros, *en esos recuerdos perturbadores que los atormentaban, *en esas cosas que jamás se animaron a contar, por miedo a no ser aceptados y como consecuencia; morir. Tal como muere una cría de mamífero abandonado al nacer, impedido de sustentar sus necesidades primarias desde el exterior por no tener quién se las brinde.

De tanto cargar con la energía de sus dichos, puedo contarte que la luz y la oscuridad son la misma cosa, amigo. Que todo tomará diferente color, según con la energía que lo observamos.

–Tú eres el ser de luz, y yo la reina de la penumbra. ¡Mira, hasta me atrevería a decirte la reina de la oscuridad también! Aun así, igualmente disfruto del calor del sol, rayos que me acunan y me hacen soñar.

–Cuando cae el último rayo dorado, expando mis alas blancas y en total silencio recorro mi casa, el bosque entero se rinde ante mi volar. Todo me pertenece. Todo lo soy.

—Ahora, si todas las almas que habitan esta dualidad de luces y sombras, despertaran, pensemos:

—¿CUÁL SERÍA EL APRENDIZAJE NUEVO ELEGIDO A TRANSITAR?

—Amigo. ¿Podré yo, como reina, elegir? O tendremos que esperar a que todos abran sus ojos interiores, puedan ver y darse cuenta… ¿qué debemos elegir para seguir y tomemos entre todos, la decisión?

— Te invito a escuchar que es lo que piensan hoy, demás.

CAPÍTULO II

—Mira, ser de Luz, ese resplandor se parece a un Ave Fénix, su mensaje es sublime, nos dice.

—Jamás te dejes vencer por ti mismo… la fuerza está en ti.

—Y mi respuesta siempre es, gracias amigo, tu mensaje es bien recibido.

—Esta experiencia ha sido realmente maravillosa y colorida. El mundo de las formas. Así la han llamado, completa con inteligencia, sensibilidad, actividad sin descanso, forma y color, más sonidos que complementan la belleza que la caracteriza.

—Yo, cada día, recorriendo mi casa desde el aire, puedo ver e interpretar el mensaje que cada forma expresa; esas formas toman nombres para distraer la recepción de los mensajes y hacer más entretenido el juego. Paso a contarte, seguramente pensarás como yo.

—Algo más alto que mi volar, un hermano llamado águila, me brinda la vibración de la observación; me ha enseñado a concentrarme al mirar. Si lo hago con esmero, lo que veo, me pertenece.

—La señora jirafa me muestra colores vibrantes, una combinación armoniosa, un caminar elegante, un observar en lo alto, pero sin separarse de la madre Gaia. Todo se puede, me dice, y acaricia con su boca las hojas más altas de los brotes añejos. Y me insiste, en que observar es importante.

—Un tigre tranquilo en su territorio puede ser cauteloso y ágil al extremo, sin dejar de ser respetuoso de su lugar. Me muestra que la paz interior, es parte de cada sector energético que conforma mi ser.

—Un gato es un tigre más cercano a los humanos, entiende todos los idiomas, especialmente aquel que proviene del límbico. Me transmite que es importante compatibilizar con nuestro entorno. Ello también brindará crecimiento a todo mi ser.

—Antes de caer el último rayo del sol sobre las flores multicolores, veo unos seres frágiles llamados mariposas, que adornan en primavera todo el ambiente y me hacen ver que los colores también están en mí. Incluso, en el cielo, cuando el arco iris se deja ver a través de las pequeñas gotas de rocío que marcan los latidos de mi corazón.

—En cuanto me acerco a las chozas de los humanos, puedo ver que la naturaleza toma otros matices, aun así, lo natural sigue siendo lo auténtico. Las personas se colocan nombres y se asignan actividades, —es su conformación cerebral; sus redes neuronales son manipuladas por ellos mismos, para dar estructura y armonía a su vivir—. Ellos sienten que así es mejor, se llaman videntes, o no científicos. Ya que cuando conservan la calma, se conectan con su interior. descartan lo aprendido y conectan con la madre naturaleza. A veces mezclan sus creencias, pero están un poco más cercanos a nosotros. Y el mensaje es: !Que se puede!!! –Que todos podemos sentarnos a conversar, sin importar el idioma.

–No se necesita, quien te tenga que ayudar a conservar la buena vibración. Los humanos todavía creen en los conocimientos exteriores, por eso siguen dando valor a una profesión relacionada con la medicina. Por suerte, a veces se permiten valorar a los árboles para armonizar su propia vida.

–Anoche, por ejemplo, me comuniqué con Grigori, y me habló de la vida sin final.

–Jesús, es un intermediario entre todos. Ese lazo de luz y sombra, ese todo que comunica, ese algo que hay que saber escuchar.

– El Ángel, es la luz propia que entra y sale de las formas. No debemos dejar de tenerle presente, ya que es una energía que a todos nos conforma.

PENSAMIENTO FINAL

–Amigo, no sé cuál será tu visión, pero para mí, la energía que todo lo mueve, la vibración que muestra las diferencias, son elementos que conforman a todas las cosas, la vida es una, y pase lo que pase, así seguirá.

Un Ovni no sé lo que es. Objeto Volador No Identificado. Nosotros sabemos que todo lo somos, que todo nos pertenece, que la misma energía nos conforma. Es simplemente, tomar consciencia de los colores.

MENSAJE FINAL Contactar con el ser interior y crear la propia realidad.

MÓNICA YANETH RAMÍREZ BUSTOS

Fecha de nacimiento. Febrero 12 de 1975, Anolaima, Cundinamarca, Colombia.

Tengo 3 hijas, 2 nietos. Provengo de una familia de pueblo. Aún vive mi madre. Mi padre murió a mis 17 años de edad. También aún cuento con el privilegio de tener una abuela llena de vida, de salud y de muchos años. Tengo 4 hermanos, 6 sobrinos y una familia extensa.

Me dedico al diseño de modas y a estudiar cada conocimiento nuevo que sienta que me nutre en sabiduría.

EL AVE FÉNIX

Ave Fénix, ave mitológica llena de Dones entre ellos el poder de renacer de las cenizas. Me identifico con su Don siento que soy un poco de ella, he tenido que renacer en mi vida con fuerza, con resiliencia comenzar de nuevo. En este nuevo renacer mi alma vuela libre, ligera, sin cargas, como el vuelo de un águila cuando se mezcla con el viento, se empodera y fija su mirada, siempre firme en su propósito.

Fénix capaz de resistir con todo su potencial y aun después de empezar de nuevamente. Guarda La fragilidad de una mariposa, su ternura y amabilidad para con el mundo es como ver la sonrisa de un ángel emanada de colores. Cuando pienso en ella, mi alma se llena de regocijo y esperanza por un día a día mejor, impulsándome a ser esa energía perfecta de la Tierra, donde todo en ella es hermoso, día y noche, la lluvia el arcoíris y todo lo que nos provee.

Ser no con ella, trabajando el desarrollo de mi consciencia hasta lograr Dones como la videncia, o llegar a convertirme en un ser de luz con tanta sabiduría o quizá como otros seres que llegaron de afuera en su Ovnis, que también trajeron mucha enseñanza a este planeta, y aún pueden seguir acá dando apoyo al mundo o a personas que están o estuvieron con grandeza divina como Jesucristo, sabiduría infinita, consciencia total, o el mismo Grigori Gravoboi, maestro de gran enseñanza quién se ha convertido en un gran guía y nos brinda su conocimiento para que logremos el desarrollo de nuestra mente, alma y cuerpo.

Nos enseña cómo podemos usar cada partícula del Universo a nuestro favor lograr sanar nuestro cuerpo con nuestra mente y lograr cada cosa que deseamos, usando nuestra propia consciencia, siendo uno con nuestro interior, con nuestro Universo, la naturaleza, los animales, que son otro mundo diferente, del cual también hay mucho que podemos aprender como el amor y la lealtad de un perrito, la sagacidad de un gato, la naturaleza salvaje de una hermosa jirafa o conectarte con la magia de una lechuza, que al observarla parece llevar un mundo de sabiduría. Lo ideal es ser uno con el mundo existente con todo lo que se puede ver y con lo que no vemos también.

Quiero tener la oportunidad de creer y crear, de ser más allá de lo que soy hoy, que realmente mis ojos puedan ver la magia, ser lo imposible, ser lo irreal, aunque gran parte del mundo lo llame locura, hay otros también que le llaman despertar.

Es lo que deseo desde muy pequeña, ya que siempre he sentido que este no es el mundo de verdad, que tan sólo es el mundo que fue vendido a nuestros ojos y a nuestra consciencia, que debemos buscar, hasta lograr encontrar lo que nos fue dado desde el principio, y que olvidamos al llegar acá. Quiero renacer de las cenizas por medio de todos mis nuevos conocimientos, encontrar en mí todo lo que está oculto, lo que no recuerdo, los códigos de la vida, requiero la grandeza de mi alma, y que mi cuerpo se sienta pleno en sabiduría y conocimiento. Deseo vivir y vivir hasta encontrarlo.

REINA ISABEL RODRÍGUEZ

Mi nombre es Reina Isabel Rodríguez. Nací en Santa Clara. Villa Clara, el 19 de Noviembre de 1950. Recitaba poesías desde que estaba en la Secundaria Básica. Pertenecía al coro de la escuela, donde cantaba y tocaba claves. Soy de una familia de cantantes y declamadores. Compuse mi primer cuento "La Casita de Cristal" a los 18 años de edad. Practicaba deportes. Era ciclista del Equipo Provincial de la Villas, en la escuela Osvaldo Herrera. Me gradué de doctora en Estomatología a la edad de 24 años en la Universidad de La Habana. Escribo poemas de todo tipo de género, incluida la Sátira. Soy una persona sentimental y la musa me llega en momentos tristes. También soy una persona muy activa, con mucha empatía. Tengo 2 hijos varones y siete nietos, a los cuales adoro. Llegué a Estados Unidos en Febrero de 1996 y estoy orgullosa de vivir en este gran país.

"MUJER"

Hoy es tu día, mujer, mujer de muchas etapas,
mujer que lo dices todo, con sólo alzar la mirada.
Mujer de todos los tiempos, niña noble, adolescente,
mujer que llevas contigo el amor de tanta gente.

¡Cómo pasaron los años, sin darte cuenta siquiera
llegaste a la edad madura, sin que ni cuenta te dieras!
Pero desde que naciste y hasta el día en que tú mueras
lo harás ofreciendo amor sin importarle; a cualquiera.

Hoy llevas canas al aire, hija, madre y hasta abuela,
que por toda tu experiencia repartirás donde quieras,
y desde el principio al fin, siempre serás la PRIMERA.
Mujer fuerte y delicada, mujer de muchas quimeras.
¡Pero del principio al fin, eres toda una guerrera!

PARA MIS NIETOS

A mis nietos, quiero hablarles y decirles que los quiero,
que no hay distancia en el cielo para poder abrazarles.
Mucho yo he de contemplarles, hablarles de cosas buenas,
que no les ronden las penas ni hagan malas decisiones.
Que aprendan de sus errores y se unan a gente buena,
que en la escuela de la calle se aprende de todo un poco.
Pero que no envidien nada de las pertenencias de otros,
pues cada uno es un mundo y se obtiene si deseas.
Luchando por tus anhelos, por tu causa y tus tareas,
por no abandonar tus hijos y sentirte productivo.
Escoge bien tus amigos, aunque pocos, pero buenos.
¿De qué les sirve el veneno, que muchos en este mundo,
quieren esparcir a todos, por rencores que han sufrido?
Ya quedaron al olvido, volviéndose vagabundos.
No escogieron el camino derecho, sin tropezar,
porque todo han de pagar, de eso se encarga el destino.
Por último y con gran tino, mis penas y mi alegría,
se convertirán un día en recuerdos ya pasados.
No se sientan olvidados, aunque un día ya no esté.
¡Desde el cielo cuidaré, de mis nietos adorados!

"SEMANA SANTA"

La semana Santa es, semana de bendiciones;
enmendar nuestros errores y con devoción pedir,
a nuestro Señor seguir, tratando de ser mejores.
Aliviar nuestros dolores y aprender a perdonar,
porque el día ha de llegar y tenemos que entender,
que con mucha fe y amor, el tiempo pasa mejor.
Con ambiente familiar a Cristo vamos a honrar,
en los días venideros que nos alumbre el sendero
para poder caminar.

Nunca vayas a juzgar sin tener una razón,
alberga en tu corazón sólo el bien y aleja el mal,
y así podrás comprobar que te sentirás mejor.
Hacer el bien y sentir que has vivido complacido,
y por más que te han herido nunca tú guardes rencor.
Evita ese gran dolor y piensa que hay gente buena,
perdonar al enemigo y pidamos como hermanos
oremos por el amigo y por todos los cubanos.
Porque el mundo sea mejor lucharemos con amor
en la tierra que habitamos.

Que esta fecha que vivimos traiga paz al mundo entero,
la salud es lo primero que todos deben pedir,
que nos permitan vivir en un mundo humanitario.
Seremos más solidarios en la tierra en que nacimos
y cada día que pasa nuestra fe será mayor.
Llegará la paz a casa con respeto y con amor.
Por eso pido que oremos para acabar con el mal
el deseo de matar y la envidia por lo ajeno;
si todos nos moriremos y todo se va a quedar.
Por otra parte, yo pido que me lo den todo en vida,
que quiero una despedida con mis propios ojos ver,
para el camino emprender, y que nunca los olvido.

"DESEOS DE NAVIDAD"

Quiero empezar una vida,
llena de amor y esperanza,
quiero sembrar amistad
donde mi vista no alcanza.

Fuera de tantos errores,
de tantas penas amargas,
donde la gente sea buena
y no de malas entrañas.

Y por doquiera que pase
que haya una luz siempre alta,
para no vivir a obscuras,
para no darte la espalda.

Para que todos podamos,
disfrutar de mucha calma.
No quiero ver a los niños
llorar sin hallar consuelo.

Quiero bajar las estrellas
y subirlos hasta el cielo,
para que Dios los bendiga
y pueda verlos perfectos.

Para que ya nunca nadie
se muera sin un anhelo,
porque este mundo es de todos,
y no exista ningún dueño.

...

● ● ●

Por eso, esta navidad
será el pretexto perfecto,
para sembrar la amistad,
para no perder el sueño.

Para que todos los pueblos
despierten de este tormento,
en el que estamos metidos
por tantos malos cerebros.

"DÍA DEL AMOR Y LA AMISTAD"

Ya muy pronto llegará el día de enamorados,
para novios y casados que mucho han querido amar.
Nunca podrás olvidar cada día que vivimos,
por este amor tan divino que siempre has de recordar.

Las flores en el hogar, anillos de compromiso
y hasta para aquel que quiso un día pagarte mal,
habrán de recordar que en este mundo se paga,
que nacimos de la nada, y allí volverá a parar.

En honor a la verdad, el amor se clasifica:
en amor a la familia y el amor a la amistad.
A tus hijos le darás el amor que nunca muere,
eso es lo que más se quiere, porque lo otro, viene y va.

Nunca mires hacia atrás porque has perdido pareja,
y aunque ya te sientas vieja, el amor no tiene edad.
Te hablo con sinceridad, no hay que esperar a febrero
para decir un: "Te quiero". Todo eso, y mucho más.

Te preguntarás: Si un día pierdes amor verdadero.
Ya no será ni el primero, ni último que acabará.
Porque siempre alguien habrá que te quiera y te proteja.
¡Te escogerán por pareja, y ese día llegará!

"A MI CUBA"

Lagarto verde de palmeras y sones,
tu cielo azul de estrellas, tus noches de ilusiones,
ese sol que vislumbra, amanecer del día,
tus playas y tus campos, todo en ti es melodía.
Una isla pequeñita separada por el mar,
también tienes que amparar a esa isla tan bonita.
Tienes en tus provincias las cosas más hermosas,
el valle de Viñales, tu Habana en capital,
Varadero precioso, un grandioso ideal.
Matanzas, esplendorosa, Cuevas de Bellamar,
tus bosques y tus rosas y tu lindo palmar.
El Benny le cantaba a Cienfuegos,

la Perla, y mucho la admiraba.
¡Vale la pena verla!
Ahora con Cayo Coco te despejas la vista.
Lugar lindo y hermoso que alegra a los turistas.
Camagüey con sus canciones y sus lindos tinajones,
y el Oriente alejado con sus bellas montañas.
Cascadas naturales y ríos cristalinos.
Cualquiera al ver tu mapa, si no sabe, se engaña.
No importa que sea dulce o amargo al fin tu vino,
que aunque pequeña sea, si se aleja, la extraña.

Quién te conoce ahora, no puede imaginarse
que siempre fuiste linda, que siempre fuiste amante.
Que por más que te humillen siempre fuiste valiente,
y ahora te enfrentas sola ante tu propia suerte.
Nunca podré dejarte, yo no quiero perderte.
¡Mi patria tan querida, me muero de no verte!
¡Mi suelo patrio y bello y mi cielo de estrellas,
por eso te venero, por ser tú la más bella!

¡Oh, Cuba de mis días, Cuba de mis noches!
Te llevo en mi memoria y dentro de mi ser.
No dejes que en tu seno surja ningún reproche.
Los que te quieren viva, así lo han de saber:
¡Que esta tierra es de todos, y tú, como ninguna
comprendes que tus hijos te saben bien querer.
Porque a decir verdad. ¡La Patria, es sólo Una!

CORONA VIRUS

Hoy me invade la tristeza, la humanidad está sufriendo,
veo con gran desaliento, las muertes por dondequiera
no veo de qué manera salvar las vidas humanas,
parece como si hubiera un infierno envuelto en llamas.
El corona virus está acabando con el mundo
siento un dolor muy profundo que ya no me deja en paz.
Me causa gran ansiedad quedarme en casa tranquila,
ya no veo a mi familia y eso a mí mucho me duele,
pero si Dios todo puede, seguro lo destruirá.
Sólo nos queda rezar y pedirle así al señor,
que nos deje descansar de este virus que da horror.
Ya no queremos más muertes, ya no queremos sufrir,
déjanos en paz vivir, por el tiempo que nos quede,
porque de cualquier manera, tendremos que ser más
fuertes.
Debemos organizar este mundo destruido,
por el mal que ya ha venido para quererse quedar.
No lo vamos a dejar, lucharemos mano a mano.
lo vamos a exterminar, mientras exista un ser humano.

Dedicado a los médicos en tiempos del Corona Virus.
04/07/2020.

Respeto y admiración a los médicos del Mundo,
pues trabajan con pasión salvando vidas humanas,
no cesan de laborar en la noche y la mañana
para poder encontrar la cura de la esperanza.

Lo hacen con gran devoción y con amor muy profundo,
trabajan sin descansar, sin barreras y sin muros.
Los ves en cualquier lugar donde allí los necesitan,

en hospitales y calles, en las casas, en las escuelas
para poder alcanzar la vida más duradera.

A través de muchos años, ellos se han hecho importantes,
necesario en nuestras vidas, una profesión querida, que
protege la salud.
Han tenido la virtud para llenar de esperanza,
sin importarle su estancia en los Centros de Salud.

"REFLEXIONES"

Cuando tengas un amor, al que ames de verdad
procura no demostrar todas tus ansias de amar,
sólo déjale probar algo de ese amor sublime
para que no te lastime si te piensa un día dejar.
He podido comprobar que mientras más te desvives
por ese ser que quisiste en tu mente idealizar,
al final te paga mal aunque tu no lo concibes.

Cuando se ama de verdad, quieres todo lo mejor
para quien te brinda amor y no te hace sentir mal,
un camino has de trazar y firme en tu sentimiento
para que tu pensamiento no te vaya a traicionar.

Es bien duro de tratar a aquel que todo le diste,
sin importarle un alpiste cuando te quiso dejar,
luego te viene a llorar y pidiéndote disculpa
porque por más que lo oculta ya todo le salió mal.

Nunca vayas a llorar, si algo a ti al fin te acongoja.
Total, la vida es muy corta y el que la hace, la paga.
Que por muy mal que te vaya, piensa que podrías ganar,
ya lo dijo así el refrán: "No hay mal que por bien no
venga".
Quién sabe si te convenga otros brazos estrechar,
pues para verte avanzar entre tantos sinsabores,
escoge bien tus amores, para que no te paguen mal.

A UN GRAN AMOR

Llegaste a mí, como el sol a la tierra,
como el agua a las plantas, como el mar a la arena,
como si todo mi ser, te presintiera.
Como quién busca algo y al fin lo encuentra,
sólo una mirada bastó para adorarnos.
Al menos, yo lo siento y tú lo has de saber,
quiero tenerte cerca y siempre, siempre amarnos.
¿Qué más puedo pedirte? ¿Qué más puedo querer?
Estar entre tus brazos es toda una dulzura.
Tenerte y abrazarte, abrazarte y tenerte,
dormir en tu regazo es más que una locura.
Tenerte simplemente, tenerte hasta la muerte.
Quiero ser en tu vida más que un simple deseo,
más que una aventura, más que una poesía.
Más que el agua, la tierra, en fin, el Universo,
¡Y todo eso, y más...es poco todavía!

RAMÓN SAÚL SÁNCHEZ

Ramón Saúl Sánchez. Líder del exilio cubano. Insigne patriota que lucha incansablemente por la libertad de Cuba y otros pueblos del Mundo.

Director del Movimiento Democracia.

Nacido en Matanzas, Cuba. Héroe desterrado que añora el regreso a una patria libre. Dios te bendiga y te haga merecedor de ese milagro, para que tu sacrificio no sea en vano. Gracias por todas tus bondades para nuestro pueblo de Cuba, y por toda la ayuda humanitaria que has brindado a este pueblo americano, tu segunda patria en Miami, Florida. Estados Unidos.

MI SUEÑO; MI POEMA.

Yo quiero haber escrito el día en que yo muera,
~aun si con mi sangre~ mi sueño, mi poema.
Que pase de los pobres su brindis de miseria,
que arranque de los negros, sus yugos, sus cadenas.

Que extraiga al niño hambriento el hambre de sus venas,
que embriague al ignorante del flujo de las letras.
Que salve al ancianito de asilos y benéficas,
que venza los barrotes que oprimen las ideas.

Que azote a los tiranos cuan himno de protesta,
y cree al nuevo hombre: "Un hombre con consciencia".
Yo quiero cuando cierre mi libro la existencia,
dejar mi testamento plasmado entre sus letras.

Y quiero si un amigo, un día me recuerda,
que no diga mi nombre, que alivie mi condena.
Que clame al mundo entero; que yo, sin ser poeta,
escribí estos pobres versos ~engendros de mi pena.~

Queriendo con mi angustia, rozar la fibra buena,
que anida en cada pecho de humanos y aún de bestias.
Yo quiero que mi verso se vuelva una bandera,
y quiero que mi sueño cabalgue en mi poema.

Que alcance los confines remotos de la Tierra
y se alcen cuántos buenos por esos lares, pueblan.
Y formen un ejército de amor, y no de guerra,
Y se tomen de las manos soldados y poetas.

...

Pregoneros de plazas, pescadores de aldeas,
guerrilleros de causas, misioneros de Iglesias.
Maestros de las artes, peritos de las ciencias,
obreros sin jornales, labriegos sin cosechas.

Amigos de los barrios, extraños de otras tierras,
negros de los Ghettos, Caucus de las Mecas.
Isleños de Canarias, aborígenes de América,
libres de otros pueblos, esclavos de Siberia.

¡En lid de la Justicia, juntarse toda fuerza!
para lograr al fin, –Bendito Dios, que sea! –
Ahuyentar de los pobres su espectro de miserias;
emancipar al negro de yugos y cadenas.

Brindar al niño etíope, medicinas y avena,
llenar de analfabetos el aula de la escuela.
Darle al ancianito hogar donde le quieran,
que exprese cada quién, sin más temor su idea.

Que rueden los tiranos de un golpe por la tierra,
y lleque ese gran día: ¡Un día de poema!
Yo quiero haber escrito el día en que me muera,
–¡Aún si con mi sangre–, mi sueño; mi poema!

Ramón Saúl Sánchez
Exilio, Julio 25 del 1986
Escrito en el Presidio Político Cubano
En prisiones de Norte América.

MI INFIDELIDAD

Yo pinté en tu almita enamorada
con el pincel tierno de mis sueños,
un vergel lleno de ensueños
donde creciera una rosa perfumada.
La acurruqué en mi mente ilusionada,
guardándola en mi pecho con ternura,
la alimenté con gotitas de dulzura,
pero mi patria se interpuso, encadenada.
¡La sentí más novia, al verla esclavizada,
y con ella me escapé en la noche oscura!

Saúl Sánchez... Un día triste de exilio.

LUIS RENÉ SERRANO

Nació en Cuba, en la provincia de Camagüey, donde recibió sus primeras clases de música.

1967 emigró junto a su familia a los Estados Unidos. Fiel amante de las artes: la pintura, la poesía, es músico de profesión. Estudió Bell Canto, teoría de la música y composición.

Su dominio de varios instrumentos le facilitó su participación en el grupo The Miami Latin Boys en 1973, que después se convirtió en The Miami Sound Machine, como bajista, compositor y cantante. Hoy cuenta con su propia orquesta y discografía, con un amplio repertorio en varios idiomas.

Cantó en varios conciertos con la "Frost Salsa Orquestra" de la Universidad de Miami, durante cuatro años consecutivos; 2013, 14, 15 y 16.

Es miembro del "Club de Literatura" de Francisca Argüelles, donde participó en las antologías del grupo:

UN HORIZONTE LITERARIO, 2010
NAVEGANTE DE PALABRAS, 2012
EL ESPACIO INFINITO DEL CUENTO, 2014
IDILIO ENTRE PROSA Y VERSO, 2016
UNIDOS POR LA PLUMA Y EL TALENTO, 2018
LA MENTIRA Y LA ESPERANZA, 2013

Todos, Publicados D'har Services Editorial Arte en Diseño Global.

Publicó su primera obra literaria "LAS AVENTURAS DE RENÉ GALÁN" en el año 2013.

LAS AVENTURAS DE RENÉ GALÁN, Reeditado en el 2017, y traducido al inglés: **THE ADVENTURES OF RENÉ GALÁN,** en el mismo año. Libros editados por D´har Services Editorial Arte en Diseño Global

En el 2015 formó parte del libro "Si te contara…" y en el 2017 Sueños Míos y Tuyos, editados por Publicaciones Entre Líneas, de Pedro Pablo Pérez Santiesteban.

Actualmente, enseña Historia de la Música Cubana en el programa " OLLI " de la Universidad de Miami.

LA NOCHE CUMBRE

Suena el despertador. Ocho de la mañana. René se levanta muy contento como todos los martes. Desayuna, y después de hacer algunas diligencias se dirige a su actividad favorita; la clase de Bel Canto, a las diez de la mañana.

Su maestra, la soprano Hortensia Coalla, gran estrella lírica en décadas anteriores, lo recibe con la alegría de estar dedicada a la enseñanza del difícil arte.

—¡Buen día, René! Comenzamos enseguida. Sólo quiero saber, si compraste los boletos para ver este sábado "Los Gavilanes".

—Por supuesto. ¿Y usted, ya los compró?

—¡Claro que sí! —Responde ella con entusiasmo.

—Entonces, nos vemos en el teatro. Concluye él, y se dispone a recibir la buena clase de la Diva.

René continúa con su rutina diaria, sin embargo, los días parecían no pasar; su ansiedad iba creciendo. El deseo de aplaudir a Pablo Elvira era una obsesión.

Por fin, llega la noche del sábado. Saludos efusivos provocan gran expectación y se escuchan buenos comentarios. El teatro repleto, destila emoción.

A las ocho y media, aún sin haber recibido la señal de que comenzaría la función, el educado público hace el silencio acostumbrado. Pero... pasan diez minutos, el telón no se abre. Unos a otros, se miran asombrados. Transcurren cinco minutos más y comienza el murmullo de la curiosa audiencia.

—¿Qué pasará?, ¿por qué no empiezan?, ¿habrá algún problema?

René, desesperado, mira hacia todos lados, y en el pasillo lateral izquierdo ve a su profesora indicándole que la siga. Se dirigen a los camerinos, donde el ambiente es de intensa preocupación. La directora de escena le habla a la tropa: —Pablo Elvira no viene; está ingresado, estable, pero el médico le indicó reposo absoluto. Por tanto, llamé a varios cantantes locales, y lamentablemente están ocupados.

—¡Con permiso! Interrumpe la profesora Hortensia Coalla. Este joven que ven aquí a mi lado, se llama René Galán, es mi mejor alumno. Le monté la obra y se la sabe al dedillo. Además, mírenlo, tiene el porte del maestro Elvira. Todos la observaban sorprendidos. Ella, apoyada en su inmenso aval artístico, prosigue confiada.

—Ustedes me conocen bien; atiendan. Hay 2,500 personas esperando y no hay razón para suspender la función, les garantizo que este joven hará el papel sin problemas.

La directora Pili, detalla a René de arriba abajo, y decidida le dice: —Entre al camerino número tres, póngase el vestuario de Pablo Elvira; estoy segura que a usted le quedará bien por su composición.

La profesora sigue diciendo: —Su dominio de varios instrumentos, le facilitó su participación en el grupo The Miami Latín Boys en 1973; el que después se convirtió en The Miami Sound Machine. Como bajista, compositor y cantante, hoy cuenta con su propia orquesta y discografía, con un amplio repertorio en varios idiomas. Es miembro del "Club de Literatura" de Francisca Argüelles, donde participó en varias antologías del grupo. "Un Horizonte Literario' 2010, "Navegantes de Palabras" 2012, "El Espacio Infinito del Cuento" 2014, e "Idilio entre Prosa y Verso" año 2016. Publicó su primera obra literaria "Las Aventuras de René Galán en el año 2013. Formó parte del libro, 'Si te Contara...". Publicaciones Entre Líneas. El Club de Literatura de Francisca Argüelles le otorgó en enero 11, 2017 un certificado de participación por haber estado presente por más de 5 años en el Club.

—Perfecto, y dígale a la maquillista de mi parte, que lo prepare para el primer acto.

Con gusto, René obedeció. Ahora reza, mientras escucha a la orquesta tocar el ansiado preludio.

Abre el telón con el coro de pescadores, le sigue la introducción con la aria cumbre, "La salida de Juan". René, airoso, casi flotando, llega al centro del amplio escenario. El público aplaude y grita entusiasmada al escuchar la varonil y bien timbrada voz del joven cantante.

—Mi aldea, ¡cuánto el alma se recrea, al volverte a contemplar...!

¡Suena por segunda vez, el despertador! Son las ocho y quince minutos de la mañana.

RECUERDO INESPERADO

Como flor que se guarda, de recuerdo en un libro,
como foto que el tiempo se encargó de esconder,
como la golondrina, que nunca olvida el nido,
como la primavera, se te antojó volver.

Volviste sin saberlo, te trajo aquí el destino
por el sendero eterno de aquel amor de ayer,
que estuvo bien guardado cual exquisito vino,
cuya reserva lo hizo, más fácil de beber.

Llenemos, pues, las copas del néctar delicioso,
Sí, al fin llegó la hora de poder degustar,
los más dulces placeres del sueño caprichoso,
que desde aquel entonces deseamos realizar.

LA GUITARRA DE MI AMIGO

De niño me arrullaba, cada día,
su suave y cadencioso tarareo,
llevándome a los brazos de Morfeo
aquella delicada melodía.

Mi madre la entonaba y con acierto
mecía su sillón a la medida,
quizá sin percatarse que en mi vida
quedaba para siempre aquel concierto.

Después, creciendo fui, como cualquiera:
la escuela, los amigos y los juegos,
quemaron mis etapas, como fuegos
que queman los maderos en la hoguera.

Más, siempre en un momento inesperado,
la música llegaba a mis oídos,
captando mi atención con sus sonidos,
me hacía sentir feliz e ilusionado.

Mostróme un día un amigo, muy contento,
un viejo guitarrón que le habían dado;
aquel regalo le pedí prestado
y comencé a tocar el instrumento.

Mi padre al escucharme sorprendido,
miróme silencioso, nada dijo,
pues debió darse cuenta su hijo
de un especial talento estaba ungido.

* * *

¡No pagaré por clases —dijo airado—,
la escuela debe ser tu única meta,
ya que un músico carga en su maleta:
el hambre, la miseria y el pecado!

Si estudias serás médico o dentista...
o como tu padrino, un abogado.
Así tendrás el pan garantizado
sin las vicisitudes del artista.

Aquellas duras frases, en mi mente
crearon un conflicto tenebroso,
más, yo insistí de nuevo, caprichoso,
y convencí a mi viejo, eventualmente.

Buscamos un maestro y comenzamos
las clases de guitarra y teoría,
fue aquella la experiencia que pondría
las llaves del futuro, aquí en mis manos.

Sin dudas, ya la suerte estaba echada,
el tiempo en su correr sería testigo,
de que esa fiel guitarra de mi amigo
fue en mí, la vara mágica de un hada.

¡Hoy vivo con mi música contento,
con ella he de seguir la vida entera,
mi padre al fin bendijo mi carrera,
y yo, de ser quien soy, no me arrepiento!

MONICA TORRES

Nací en 1966 en el mes de abril, bajo el signo de Aries; originaria de Guadalajara, Jalisco, México. Soy la más joven de una familia de 13 hijos por parte de mi padre, 12 por parte de mi madre, de los cuales sólo sobrevivimos 6 hermanos.

Profesora de Religión desde los 15 años, graduada oficialmente con certificación de Roma a los 30 años. Certificada dos veces en Ho'o ponopono. Diploma en Psicología Básica, Relaciones Humanas, Desarrollo Humano, Programación Neurolingüística, Life Coach, entre otras materias involucradas en el tema. Ho'o pono pono. Mis Maestros fueron Hijaleakala Hew Len y Dr. Joe Vítale.

Comencé a estudiar las Tecnologías de Desarrollo de la Consciencia del Dr. Grigori Petrovich Grabovoi desde 2018, cuento con tres Certificados en estas tecnologías.

Participé en Congresos Nacionales para Catequistas en Guadalajara, en la parte organizadora. Ya en Wisconsin, participé en un Sínodo como representante y coordinadora de mi Parroquia, Saint James, de Menomonee Falls. Fui maestra para el grupo de Catequización de Adultos. La profesión de Catequista, la ejercí hasta los 47 años.

Deportista desde los 6 años de edad, nadadora profesional, corredora y triatleta, entre muchas otras actividades deportivas. Instructora Profesional de Aeróbics, Cycling y otras disciplinas; dando clases de baile y haciendo coreografías para grupos de niñas de secundaria, para competencias. y para adultos en la Escuela Cafarnaúm a Catequistas, en Guadalajara, Jalisco, México.

Técnico en Dietología y Nutrición. Certificada en USA como Auxiliar de Terapia de Rehabilitación Física y Caregiver para ancianos, niños y adultos, First Aids y RCP.

Me certifiqué en Bienes Raíces y ejercí por un espacio de 6 años. Obtuve un certificado en Valuación de propiedades, técnicas de ventas. Tuve mi propia agencia por espacio de año y medio.

Vivo en los Estados Unidos de América, desde 2009.

Siempre me ha gustado leer y escribir, investigar y probar cosas nuevas. Creo firmemente en el poder del amor y siempre, desde pequeña, así lo he creído.

Siempre he tenido espíritu de ayuda; me gusta resolver situaciones en lugar de señalar culpables. Soy de espíritu práctico. Amo la naturaleza y a los animales.

MI VIAJE AL PLANETA TIERRA

En la época del comienzo, cuando todo fue creado, fui a visitar la Tierra. Recuerdo que le pedí al Ovni que me hiciera el favor de llevarme. Tenía ganas de viajar descansado; fui a verlo y le pregunté si deseaba llevarme a visitar la Tierra, y el Ovni, amablemente, me dijo que sí.

Era un ovni plateado, brillante, con algunas ventanas, de forma ovalada y contaba con dos niveles. En el nivel de abajo tenía el área de control de la nave, con asientos muy finos, hechos de un material desconocido por los humanos, pero despedía un aroma dulce y parecido a las flores. El color era como gris oscuro, pero brillaba con si fuera plateado. Tenía varios tableros llenos de botones. En el nivel superior contaba con unos compartimentos tipo dormitorios, estaban muy cómodos y bien ventilados.

Le pregunté al Ovni acerca de su creación. Me dijo que todo viene del Creador. Que su creación fue concretada gracias a la inspiración que recibió de su Creador extraterrestre, y de hecho, sabía mucho acerca de cómo funciona el Universo. Me explicó afanosamente que el Universo está lleno de ideas creativas y que su Creador deseaba crear un objeto que pudiera volar en el Sistema Solar, que fuera veloz, cómodo y eficiente. Y fue cuando atrapó esta idea del campo de información y comenzó a darle vida.

Me dijo que estaba muy agradecido con su Creador, porque podía visitar galaxias y transportar seres de cualquier planeta, lo que le daba la oportunidad de aprender de todos ellos. Luego me dijo que era un viaje especial llevar a Jesús a la Tierra, que estaba muy feliz y que así aprovecharía para conocer una de las escuelas más exigentes de todo el espacio sideral, por lo que había escuchado. Era su primer viaje a la Tierra y estaba emocionado, listo para descubrir este planeta del que tanto se comentaba entre los seres de las diferentes galaxias.

Le agradecí compartir conmigo esta información y pronto llegamos a la Tierra, y le di las gracias por tan placentero viaje y que no se preocupara por recogerme, pues quería quedarme una temporada en el planeta.

Allá en la Tierra, todo se veía hermoso; me despachó por la selva amazónica. Un lugar lleno de vida, y vidas distintas. En aquel tiempo no había tanta dificultad para viajar de un continente a otro, pues toda la Tierra era una masa conjunta.

Comencé a caminar entre los árboles, que estaban uno muy cerca del otro… pude escuchar su canto mientras que una brisa se colaba entre las copas. Ahí me fui encontrando con diferentes animales, y con algunos otros seres. Vi a una mariposa, a un águila, a una lechuza, a una jirafa, a un ave fénix, a un perrito, a un tigre, a una payasita, a una filósofa, a un ser de luz, a un ángel, a Surendenburg y a Grabovoi, mi futura encarnación. Fui admirando a cada uno. Sabía que habían sido creados por el Creador y cocreados por la consciencia del ser humano. Y me maravillé de la capacidad de crear tantas y diversas maravillas.

Cuando platiqué con cada animalito, cada uno estaba muy feliz de existir en el planeta Tierra. Cada uno me expresó que comprendían que el ser humano, en su esencia divina, poseía un poder extraordinario de creación, y que ellos lo sabían, y que una vez creados, ellos adoptaban parte de esa sabiduría, por lo que eran capaces de vivir, procrear, alimentarse y tener esa conexión entre sí, que los sustentaba.

Me expresaron que se sentían parte importante de la creación, ya que cada uno tenía una función para el equilibrio de la vida en la Tierra, y que sabían a ciencia cierta que el Creador del todo, siempre les iba a proveer de todo lo necesario para que tuvieran vidas largas, fructíferas y felices. Estaban agradecidos, cada uno, por sus vestimentas hermosas y coloridas que les protegían de las fuerzas de la naturaleza. Y porque sus herramientas naturales les habían sido diseñadas de manera perfecta, de lo que cada uno necesitaba para subsistir. Fue una experiencia hermosa poder verlos y saber que tenían cierto nivel de consciencia, ver que sabían aprovechar las características con las que fueron diseñados para subsistir, y mantenerse por generaciones en este planeta tan hermoso.

Me encontré con un ser de luz que me saludó afablemente y me platicó que su paso por la Tierra estaba más allá del espacio–tiempo, que estaba aquí para acompañar e iluminar el camino de cada ser en esta escuela tan exigente. Pues a veces, los seres humanos con la habilidad del raciocinio, parecían perder de vista su poder creativo y se enfocaban sólo a lo que sus manos podían crear; como que empezaban a olvidar de dónde venían y a dónde iban, y los Dones con los que fueron creados.

Entonces vino el ángel. Él me dijo que él estaba en el planeta Tierra para proteger, aconsejar y acompañar a los seres del planeta. Que su labor era un tanto envolvente, pues los seres humanos empezaban con las tendencias que vienen, cuando comienzan a olvidar quienes son realmente. Un gran reto estar ahí en la Tierra. Como que en algunos momentos pensaban solamente en la sobrevivencia y olvidaban que ellos son capaces de crear todo lo que necesitan para su bienestar ahí.

Entonces me llevó a conocer a la filósofa. Ella profundizaba en los secretos de la mente, para poder explicar a los demás, de qué va realmente la vida. La filósofa se hizo amiga de Suredenburg, que compartía mucha de la filosofía. Que la filósofa estudiaba, reflexionaba y enseñaba. Juntas hacían análisis sobre las ideas que el ser humano estaba desarrollando, y algo en sus almas les decía que había mucho más, que simplemente el sobrevivir. Tenían un contacto más nítido con sus almas. Y ellas trataban de apoyar a los demás en el camino del recordar.

Había una payasita que amenizaba y hacía muy felices a los seres humanos, y la payasita mencionó que hacer reír a los demás le dejaba una sensación de completa alegría y que sabía que haciéndoles reír, les ayudaba a acercarse más a esa frecuencia, donde hay acceso a las maravillas que el Creador nos regaló al crearnos.

Entonces me encontré con Grabovoi. Lo saludé y le pregunté si es que ya sabía, que allá por el año 1963, él sería mi reencarnación, y que si vislumbraba todo el caos que tendría qué ayudar a resolver. Y me dijo que sí, que amaba al Creador y a lo creado, tanto, como para aceptar el reto. Él confiaba en que la humanidad podría ver la luz de sus enseñanzas y podría por fin recordar. Le dije que yo, en su cuerpo, le acompañaría para que todo saliera como el Creador lo tenía planeado y prometido. Él sonrió y nos dimos un abrazo. Le di las gracias y le llené de luz y bendiciones. Acuerdos del alma que aceptamos, con el sólo propósito de ayudar al ser humano a salvarse de sí mismo.

Y así, me despedí de todos y salí del planeta Tierra para visitar otros planetas. Me fui con un recuerdo de la Tierra que sigue latente en el futuro infinito: Un mundo de paz, alegría y amor infinitos, donde todos cocreamos una realidad hermosa, libre, de amor, próspera para todos, y lo más importante: Nuestra vida eterna, creativa y armoniosa. ¡Una historia sin fin!

ISRAEL V. VECINO GONZÁLEZ

Nació en Manguito, provincia de Matanzas, Cuba, el 22 de Febrero de 1943. Graduado en contabilidad y finanzas en su pueblo natal.

Comenzó a escribir décimas a los nueve años de edad, inspiración poética que ha cultivado hasta nuestros días para deleite de familiares y amigos.

Emigró a Estados Unidos en 1999, actualmente vive en Hialeah, Florida.

Y como dice el autor, en un emotivo mensaje a sus lectores.

"Espero que mi obra sea del agrado de todos".

Y estas décimas que encontrá en esta Antología.

"El más romántico poeta".

A MI ESPOSA

Esposa mía, tú eres
mi compañía mejor,
desde que escogí tu amor
entre todas las mujeres.
El poema que prefieres
te lo doy con alegría,
para que mi poesía
te regale con honor,
la más perfumada flor
de mí jardín, este día.

A MI HIJA

Milagros, hija querida,
escogí el verso mejor
y la más hermosa flor
en el jardín de mi vida.
Por Dios está bendecida
y cumplirá con su meta,
ha de ser la más completa
pues con ella llegará
un beso de tu papá,
el romántico poeta.

A MI COMPATRIOTA

Para Ramón Saúl Sánchez.

Ramón Saúl ha ganado
su caso en Inmigración,
una felicitación
para él y su abogado.
Y por ser exonerado
de todo cargo el hermano,
sigue en el suelo americano
lleno de felicidad,
buscando la libertad
de nuestro pueblo cubano.

LA DÉCIMA

Cuando descubrió Colón
a Cuba en su travesía,
ya la décima tenía
carta de navegación.
Mantiene su tradición
con la poesía mejor
y seguirá con honor
cada día mejorando,
Si continúa viajando
en la nave del amor.

MI DÉCIMA

Mi décima es mariposa
que anda de flor en flor,
posándose en el mejor
pétalo de una rosa.
Y como es tan hermosa
a todos ha de gustar,
si la quiero comparar
viene siendo el verso mío,
como las aguas del río
desembocando en el mar.

A JOSÉ MARTÍ

El veintiocho de enero
natalicio de Martí,
su verso bien lo aprendí
porque es el que prefiero.
Hombre cabal y sincero
su patria libre quería
y aquel fatídico día
cuando en Dos Ríos cayó
El Apóstol no murió,
sigue vivo todavía.

MI CABELLO

Mi cabello era castaño
no tiene el mismo color,
esa es la huella mejor
del paso de cada año.
Para mí no es extraño
puesto que si yo quisiera
lucir de otra manera
no encontraré solución,
por los copos de algodón
que adornan mi cabellera.

SAN VALENTÍN

El catorce de febrero
día de San Valentín,
entro en mi bello jardín
y escojo el mejor cantero.
Sus bellas rosas prefiero
llevar con sinceridad,
llenas de felicidad
será el obsequio mejor,
para que viva el amor
y perdure la amistad.

MI BANDERA

Nuestra bandera cubana
un patriota diseñó,
a ella la quiero yo
siempre libre y soberana.
Por la grandeza que emana
ha sido muy necesaria,
Narciso López en su diaria
batalla, la dibujó,
y en su triángulo pintó
una estrella solitaria.

LUZ DIVINA

Luz divina del amor
haces que mi poesía,
se mantenga día a día
haciendo el verso mejor.
Medicina del dolor
alivio para el quebranto,
a tu lado con encanto
nos llega todo lo bueno,
y para que sea más pleno
Dios nos cubre con su manto.

Made in the USA
Middletown, DE
29 October 2023